给远方的至爱

——胡永明爱情诗选

胡永明 著

作家出版社

代序一

捕捉“诗眼”

叶辛

刚从武汉参加“聂绀弩诗词奖”终评归来，案头放着几本胡永明诗选，顿时，终评会上各位评委对当代诗歌发出的高论、宏论和议论又一次回响耳畔。

一曰今日之诗坛，诗歌创作的数量，可谓数不胜数、难以计数，只能用“巨量”二字来形容。

二曰今天的诗歌创作，形式之多样，令人目不暇接，有儿歌、散文诗、格律诗、古风体、自由诗等，不一而足，有的甚至难以分辨。

三谓近年来由于退休人员的剧增，写作诗词的作者越来越多，发表的园地十分宽泛，故而什么样的律诗都能读到，什么样的词也能见着。于是乎关于要不要固守格律的传统，是严守平平仄仄的古训，还是不必墨守成规，又是一番感慨和各抒己见。

第四种议论最为引起我的兴趣，那就是诗歌创作和评选，应该注重诗人整体的创作水平，而不能只看诗人写出一首两首好诗，甚至一句两句格言警句式的佳作就给奖。

装了满满一脑子的诗评印象回到上海，打开胡永明的诗选，先选读的就是他写上海外滩黄浦江的诗。《夜游黄浦江》中的两句，他是这么写的：

水中灯船泛月光，
两岸晶宫炫入目。

游过黄浦江的人，都会有这样的感受。这是对浦江夜的赞美，对上海外滩的赞美。于是我一一选读了他两本诗集中所有的山水景观诗和随感言志诗，尤其是对那些我也曾到过的地方，读得更加细微一些。我感到胡永明的这些诗，有的是描景，有的是寻趣，有的则注重联想，各有入诗的角度，各有可咀嚼之处。

现在，胡永明又要出版爱情诗选了，书名《给远方的至爱》。顾名思义，是诗人在与恋人相居两地时写下的诗。

我们来读一读，看看胡永明先生在这些爱情诗中，侧重的是哪个方面呢？

我是那么痴心。
字里行间总能看到可爱的你；
我是这样爱你，
你的每一封来信都使我狂喜。

最后这一句也是这首诗的题目，更是这首诗的“诗眼”。

再诗一首：

可别嫁给小心眼呀，
要不，我们的友谊就完啦。
你会违心地疏远我，
对着醋海伸手给他。
……

选这两首就够了。“可别嫁给小心眼呀”

是这首诗的题目，也是这一首的“诗眼”。

一首好诗是需要“诗眼”的。好的诗眼能让人喜欢，让人反复吟咏，甚至成为佳句流传。流芳百世的千古绝句，往往就是那一首诗的诗眼。

愿胡永明在今后的诗歌创作中，捕捉到更多的“诗眼”，诗的眼。

是为序。

（作者是中国作家协会副主席）

代序二

爱在诗歌里成长

——读胡永明《给远方的至爱》

宋海年

胡永明继诗集《晚潮拍岸的声响》《阳光化作七彩虹》出版之后，又将出版《给远方的至爱》。

《给远方的至爱》是永明的爱情诗选。爱情从恋爱出发，走进婚姻，有了爱情结晶，组成三口之家。这是这个年代几乎所有人大同小异的婚姻结局。只是，永明将他的爱情故事用诗歌的方式记载，而且，在天长地久的爱情日益稀缺成传说的当今，他与妻子的爱情却一如既往，愈久弥新。他们的爱情底色并没有因岁月漫漫而褪色，相反，他们——永明和爱萍的爱情，依然保持了初恋般的新鲜与热忱。银发伴年长／赤情随历增／志高心不老／携手乐攀登”（《与妻共勉》）。这正是他们爱情岁月的生动写照。

这也是永明爱情诗的魅力所在。《给远方的至爱》的阅读点，是诗人情感生活的亲身经历和真实体悟——没有丝毫的矫揉造作与无病呻吟，没有“无边丝雨细如愁”，也没有“飞红万点愁如海”。他借栀子花所写的“甘香传心语，与子永相偕”的诗句，一下子击中了我的神经。毫无疑问，我喜欢真情实感的爱情诗。

这是普通人的爱情故事。永明把漫长的情感经历写成一部诗集，通过古体诗、新体诗等不同的诗歌形式，描述了恋爱、婚姻、家庭情与爱的心路历程。

青春年少的永明以诗为媒，“给远方的至爱”，是因为“你是美丽的天使”。他吟道：“你远在天涯／就像明月挂在天际／你在我心中／就像明月映在水里”（《给远方的至爱》）。他盼望“手中带露的山花／何时插在你云鬓上／眼前映霞的湖中／何时荡起我们的桨”（《盼望》）。这样的诗句像情书一样，获得了爱人的芳心。于是，恋爱中的女孩“带着丘比特的神箭飞到人间／当你一命中我的心坎／我就坠入了爱的深渊”（《你是美丽的天使》）。

被丘比特之箭射中的永明诗情勃发，爱情诗句如清泉汩汩流淌。“我是这样爱你／你的每一封来信都使我狂喜／我是那么痴心／字里行间总能看到可爱的你”（《你的每一封来信都使我狂喜》），而“在那别后漫长的岁月里／我常在心中轻轻呼唤你／人说爱情是心灵的共鸣／那呼唤可真传进你心里”（《那呼唤可真传进你心里》）。

爱情，近在咫尺，又在远方。给远方的至爱，“高山流水，知音最难觅／天上人间，有情才有义／愿我们相亲相爱永不分离／愿爱情地久天长甜甜蜜蜜”（《给亲爱的萍萍》），是献给爱人的；“好宝宝呀／虽然你还未来到人世里／爸妈已在爱你／爸妈已在希望你……”(《给未来的宝宝》），“小女自幼多才艺／三岁背诗众夸奖／四岁唱歌音绕梁／五岁绘画成特长……成熟成才到成功／面对坎坷须坚强／迈步正道要坚持／好人一生定平安”（《诗赠爱女》），是为孩子所作；“爱情是深厚的／同甘共苦，倾心相爱／爱情是高尚的／携手并进，互相信赖”（《爱情的滋味》），“天帝变慈父／郎女得幸福／鹊桥助相聚／花屋供同住／银河齐沐浴／玉宇共信步／七夕来祝愿／情人成眷属”（《七夕节祝愿》），是写给天下有情人的。

从小爱到大爱，永明在这里完成了情感的升华，情爱，细致入微，情到深处；大爱，视野开阔，情至高远。爱以诗歌为证，爱在诗歌里成长。永明的爱情诗因爱而起，因情而发，让我们对爱有了新的意会与诠释。

永明的《给远方的至爱》，在整体结构和诗句表述上是规范的，虽然我以为规范之上应该有艺术上的突破。但从《晚潮拍岸的声响》《阳光化作七彩虹》，到《给远方的至爱》，我看到了他在诗歌创作上的飞跃。这是质的层面的飞跃。他在创作中逐渐提升了自己的思想高度，即他在诗歌理论和创作实践的结合处，找到了属于自己的精神内核。诚如他于 2015 年 1 月出版的诗歌工具书《诗歌创作手册》中所言：“诗歌功能主要是弘扬真善美，增加正能量，满足人民精神需求，推动社会文明进步。”

永明的诗歌创作是有理想的，他说真善美

分别体现在诗歌的内容、思想和艺术中。诗歌应该进入经济、政治、文化、社会、生态文明和党建的各个领域，成为纪事、抒情、言志、交流的常用方法，服务于提升国民精神境界，服务于实现伟大的中国梦。

如果没有对诗歌理论的研究，没有对思想上甚至灵魂上的接触、感悟和升华，永明是很难做到这一点的。因为写诗是抵达精神高度的感情体验，本质上是内心渴望的语言表达——指向生命可能达到的高度。

《给远方的至爱》为爱诗的我们提供了爱情的指向。爱情是有力量的，爱情诗是有正能量的。家庭是社会的细胞，爱情是健康的细胞。千千万万的健康细胞，才能让我们的家庭、我们的社会充满爱的正能量。

这样的诗，能使我们的灵魂变得美丽，内心变得强大，思想变得崇高。

文如其人，诗亦然。永明的诗，自然随性，直抒胸臆。李白、杜甫、白居易，他们的诗风格各异，而在风格上，永明的诗歌更接近白居易。

诗分读得懂、读不懂，或介于两者之间。

在一些故作高深的作品中，有些诗只能让阅读者晕头转向。因此，有诗评家呼吁，诗歌不需要涂上貌似高深莫测的口红，也不需要以思想的名义故弄玄虚。诗歌应该是读得懂的，读得懂的诗越多，爱诗的人就越多，诗歌就越有生命力。那些能读得懂的好诗，比如说永明的诗，会让读者有向上向善的激情，有爱与生命的感悟。在有梦想的年代，通过诗的阅读，我们会获得诗能够给予我们的一切。

诗歌的路上，有星座，也有明灯。我们不把自己定位于星座，但可以做一盏爱的明灯，点亮自已，照亮别人。

怀着诗歌的梦想，向着诗歌的远方，不管路有多长，永明还在不断前进。

（作者是中国作家协会会员）

目录

第一辑 · 你是美丽的天使 … 001

给远方的至爱 … 002

你是美丽的天使 … 003

我真幸福 … 004

盼望 … 005

那时 … 006

引我探入你心灵的迷宫吧 … 007

那晚潮拍岸的声响 … 008

劝妹 … 009

雷雨之夜 … 010
你的每一封来信都使我狂喜 … 012
那呼唤可真传进你心里 … 013
当我们久别重逢 … 014
我们手拉着手 … 015
向着朝阳荡起双桨 … 016
七片月季花瓣 … 017
我的宝贝“小鸭子” … 019
让我们到野外去游玩 … 021
让我们插上音乐的翅膀 … 023
蒲公英的心语 … 024
牵牛花的心曲——爱情永固 … 025
我们做并蒂莲吧 … 027
我们的爱情之花永远美丽盛开 … 028
让你尽享慰抚与香甜 … 030
心语心愿 … 031
难忘 … 032
我们在相爱中形成了一个圆 … 033
给亲爱的萍萍 … 034

第二辑 · 神箭连心诉情意 … 035
一见钟情 … 036
你也像燧石 … 037
初恋 … 038
热恋 … 039
惜别 … 040
孤寂 … 041
忧伤 … 042
团圆 … 043
睡吧，爱妻 … 044
中秋偕妻拍月 … 045
偕妻冬日红园寻芳 … 046
上海红园 … 047
嵩山少林寺 … 048
栀子花——花语是“永恒的爱” … 049
情人节 … 050
庆珍珠婚——献给亲爱的小萍 … 051
与妻共勉 … 052

第三辑·与子永相偕 … 053

桂花——赠小萍 … 054

睡莲——赠小萍 … 055

栀子花——赠小萍（2首） … 056

小萍 … 057

小萍唱歌 … 058

诗作《夏夜泛舟》喜得郭亮谱曲 … 059

小萍弹琴 … 060

小萍种花 … 061

小萍集邮 … 062

贺小萍生日 … 063

新长干行 … 064

诗赞爱妻 … 066

赞贤妻 … 068

你是真善美的使者 … 069

笑 … 070

给未来的宝宝 … 071

诗赠爱女 … 074

家 … 076

新生 … 078

我的愿望 … 080

第四辑·思念是一朵心中的荷 … 083

山水之恋 … 084
思念 … 085
相思与欢聚 … 086
眼睛——心灵的窗户 … 087
太阳花 … 088
爱情的滋味 … 089
找对象 … 091
可别嫁给小心眼呀 … 092
相识相知相恋相守 … 093
雨后 … 094
七夕节祝愿 … 095
纵入地狱胜天庭 … 096
中秋寄语嫦娥 … 097
中秋寄语后羿 … 098
中秋寄语有情人 … 099
芭蕾舞天鹅湖 … 100
警察心声 … 102

警嫂心声 … 103
钻石物语 … 104
爱情与幸福在一起 … 106

附 录 … 107

歌曲 … 109
盼望／胡永明词、舒爱萍曲 … 110
思念／胡永明词、舒爱萍曲 … 111

中英日三语诗歌 … 113
给远方的至爱／卢敏英译，舒强华日译 … 114
我真幸福／卢敏英译，舒强华日译 … 117
初恋／冀洁茹英译、卢敏校译，舒强华日译 … 120
那晚潮拍岸的声响／何昆仑英译、卢敏校译，舒强华日译 … 123
让我们到野外去游玩／朱伊革英译，舒强华日译 … 126

中英双语诗歌 … 129
让我们插上音乐的翅膀／朱伊革英译 … 130
找对象／夏恬英译、刘霁校译 … 132

中日双语诗歌 … 135
牵牛花的心曲——爱情永固／舒强华日译 … 136

诗评 … 141
爱到地老天荒——读胡永明爱情诗有感／张蓉 … 142
夫妻情 人间爱——读胡永明诗歌《警察心声》和《警嫂心声》有感／胡金标 … 149
飞来飞去比翼鸟——喜读《胡永明爱情诗选》／王家泉 … 157
读你千遍也不厌倦——浅谈胡永明爱情诗的生活基础和艺术特点／舒爱萍 … 164

随笔 … 185
我与“父子作家”的情谊／刘希涛 … 186
依旧深情听涛声／沈世坤 … 204

后记 … 210

1

第一辑·你是美丽的天使

给远方的至爱

你远在天涯，
就像明月挂在天际；
你在我心中，
就像明月映在水里。
我的祝福是清晨的鸟鸣，
为使你快乐千啭百啼；
我的召唤是黄昏的轻风，
留恋地牵起你的罗衣；
我的相思是不尽的流水，
长年缠绵在你的住地；
我的情爱是不落的太阳，
环绕着你永远不会偏离。

你是美丽的天使

你是美丽的天使，
带着丘比特的神箭飞到人间，
当你一命中我的心坎，
我就坠入了爱的深渊。

姑娘啊！
你那多情的目光，
就是丘比特的神箭；
你那眼睛里的一汪清泉，
便是爱的深渊。

我真幸福

我真幸福，
我美丽的姑娘，
我爱春花的娇美，
那娇美就在你的笑靥上。

我真幸福，
我热情的姑娘，
我爱夏日的炽热，
那炽热就在你的赤唇上。

我真幸福，
我温柔的姑娘，
我爱秋月的柔光，
那柔光就在你的明眸上。

我真幸福，
我忠贞的姑娘，
我爱冬雪的纯洁，
那纯洁就在你的心灵上。

盼　望

手中带露的山花，
何时插在你云鬓上？
眼前映霞的湖中，
何时荡起我们的桨？

远来的一个个姑娘，
已使我一次次失望！
欢快的一对对游客，
仍使我一回回遐想……

那　时

我久欲一尝，
你那酒窝斟满的甜蜜。
又怕泛起了红潮，
万一把你冲离……

引我探入你心灵的迷宫吧

引我探入你心灵的迷宫吧，
用你多情的目光和甜美的嗓音。
缺少你那目光的鼓舞，
我终会失去勇气和信心；
没有你那嗓音的诱导，
我只好徒然苦猜和瞎寻。
给我鼓舞和诱导吧！
让我深入那迷宫占有你的心。

那晚潮拍岸的声响

那晚潮拍岸的声响，
富有节奏，宛如音乐。
它常在我耳旁回响，
那么清晰，那么亲切。
记得每当我俩散步，
总去江边，不知不觉。
我爱搂着你的细腰，
你靠着我，听那“音乐”。

那浪和岩的协奏曲，
时而悠扬，时而激越。
它使我们想起过去，
临江执手，无语哽咽；
它使我们憧憬未来，
同舟并进，充满喜悦。
那晚潮拍岸的声响，
富有魅力，在那月夜……

劝 妹

小妹，别怕，
别怕我们远隔千山万水；
小妹，别哭，
别哭我们何日重相会。

悲欢离合自古有，
我们莫为离别心破碎；
明月在天影在水，
我们人隔千里心相随。

秋天，你借明月寄相思；
春天，我托燕子捎信回；
冬天，你以白雪表忠贞；
夏天，我用红日传寸辉。

小妹，船鸣笛了，
你看江畔迎春多么美；
小妹，船起锚了，
你莫在黄昏把泪垂。

雷雨之夜

黑夜不时闪现
白色恐怖的电光；
惊雷滚滚而来
震撼人间与天堂；
狂风呼啸，
横扫万里河山；
暴雨倾盆，
欲淹江北江南。
好一场凄风苦雨，
四围天昏地暗。

姑娘啊，
真不该让你独自守着新房！
你是那么胆怯，
就像林中的小鹿一样。

我仿佛看见
你正抖索着热泪流淌。
咳！好不叫我凄楚，
当我被雷雨惊醒，
却不能搂紧你——
我娇小的姑娘！

你的每一封来信都使我狂喜

我是这样爱你，
你的每一封来信都使我狂喜；
我是那么痴心，
字里行间总能看到可爱的你。

从你秀丽的字体里，
我看到了你的月貌花姿；
从你温柔的话语里，
我看到了你的忠贞不移。

从你幸福的追忆里，
我看到你少时挽裙戏溪；
从你美丽的憧憬里，
我看到你穿着新娘盛衣。

我是那么痴心，
字里行间总能看到可爱的你；
我是这样爱你，
你的每一封来信都使我狂喜。

那呼唤可真传进你心里

在那别后漫长的岁月里，
我常在心中轻轻呼唤你。
人说爱情是心灵的共鸣，
那呼唤可真传进你心里。

当我们久别重逢

当我们久别重逢，
明眸是那么传情。
满腹话还未相诉，
心灵已引起共鸣。

我们手拉着手

向着玫瑰色的晚霞，
走进火红的枫树林。
在这艳丽的自由王国，
迎接幸福的翩然降临。

向着朝阳荡起双桨

向着朝阳荡起双桨，
我们的前程闪着金光。
我们会到达理想的彼岸，
那是红日升起的地方。

七片月季花瓣

二〇一四年十二月一日，
寒潮把上海带入冬天，
我在家中重看青涩情书，
思绪回到三十五年前。

一九七九年五月二十一日，
鸿雁从城南闺阁飞向市北校园，
带来姑娘的思恋和祝愿，
带来月季的娇美和香甜。

那时姑娘住宅前院，
月季开得又红又鲜，
姑娘摘下七片花瓣，
把心花开到我心田。

鲜花就是姑娘心花，
花瓣就是姑娘唇胭，
奖励我学习进步，
传递她美好预言：

月季花瓣会色褪香消，
爱情花朵将永葆鲜艳。
花瓣上的热吻留住芳心，
花瓣上的预言得到实现。

今年的月季花儿已经消失，
久远的月季花瓣仍在眼前。
七片花瓣变成褐色已没香味，
依然象征纯洁爱情幸福无边。

我们从相恋到结婚以来，
已经携手走过数十年，
一直像比翼鸟并蒂莲，
爱情花朵越开越鲜艳。

我们不论住在卫星城还是市区，
七片月季花瓣紧随身边。
它们见证我们爱情的忠诚，
见证我们生活的甘甜。

我的宝贝“小鸭子”

爱妻美尼尔症已基本痊愈，
但她前庭器功能仍然不好，
走起路来看似还稳健，
一不小心就摔跤。

晴天在火车站续点茶水，
雨天到小饭店参加社交，
地上有点凉水雨水，
她都脚底打滑猛然跌倒。

“啪”的一声，
使我心惊肉跳，
她虽然没有摔伤筋骨，
我已心疼难熬。

她白发增多身体欠佳，
还硬撑着操持全家的温饱，
常常买菜购物拎着重包，
我在外工作帮不到她更加心焦。

我觉得鸭子走起路来摇摆可爱，
就送了她一个“小鸭子”的雅号，
回到家喜欢叫着宝贝“小鸭子”，
把她揽入自己的怀抱。

真想时刻陪伴着她，
牵着她的手当她的保镖，
还要为她买几双防滑鞋，
让“不倒妹”迈步阳光大道。

让我们到野外去游玩

我美丽的姑娘，
快穿上活泼的春装，
在这晴朗的周末，
让我们到野外去游玩。

小鸟哲哲地鸣叫，
那是在向我们召唤；
鲜花悄悄地开放，
那是在把春天打扮。

我要编只最美的花冠，
给花的皇后戴上；
我要唱曲最美的歌儿，
把百鸟请来作伴。

让我们的生活比牡丹花更美，
让我们插上金凤凰的翅膀，
“我们无须等候死亡，
我们要活着飞上天堂！”[1]

[1] “我们无须等候死亡，我们要活着飞上天堂！”是匈牙利著名诗人裴多菲创作、孙勇翻译的诗歌《最好最好的妻子》中的最后两句。（详见黎华选编《世界爱情诗选》第 295—296 页，江西人民出版社 1986 年 7 月第 1 版）

让我们插上音乐的翅膀

我可爱的姑娘，
让我们插上音乐的翅膀，
披着霞光向着春色，
欣喜地比翼飞翔。

在浪漫的乐曲声中，
我们先来增添爱情的芬芳。
我们在樱花树下采集艳丽诗意，
我们在玫瑰园中谱写华美乐章。

在快乐的乐曲声中，
我们再来增添爱情的韶光。
我们在碧波湖中晓悟鸳鸯恩爱，
我们在彩云天上领略凤凰吉祥。

在高昂的乐曲声中，
我们更来增添爱情的激扬。
我们在大自然里感受山欢水笑，
我们在银河系内沐浴日辉月光。

蒲公英的心语

我展开片片绿叶，
抖擞起根根叶脉，
那是灵敏的触角，
接受着你的情爱。

我绽开黄色的花朵，
表达对你停不了爱；
我盛开紫色的花朵，
显示我们完美的爱。

当我们离别之际，
我会放飞心花召唤你来；
当我们相聚之时，
我会放飞心花扑入你怀。

牵牛花的心曲

——爱情永固

每当我告别你离开家，
我的情爱便化作形形色色的牵牛花，
在我们的住地和你经过的沿途，
向着太阳——你的微笑盛开竞发。

你看，花的色彩多绚丽呀，
那是我在向你展示忠诚无价；
你闻，花的芬芳多淡雅呀，
那是我在向你吐露思念情话……

那瓣儿展开的花朵，
是我撑起的“雷达”，
黄的接收你的平安健康，
红的发射你的快乐荣华。

那冠儿圆拢的花朵，
是我吹起的“喇叭”，
白的赞美你的纯洁无瑕，
紫的歌唱你的贤惠可嘉。

那蔓儿缠绕着枝丫，
是我们恩爱得浪漫潇洒，
我们的精神永远亲密无间，
哪怕你我远在海角天涯。

我们做并蒂莲吧

我们做并蒂莲吧，
同生于一根茎上，
再不能聚少离多，
共度那幸福时光。

我们绽放一对莲花，
美丽是我们憧憬的形象，
鲜艳是我们奋斗的激情，
芬芳是我们事业的兴旺。

我们结出一双莲蓬，
莲房是我们爱的殿堂，
莲子是我们爱的结晶，
莲心是我们爱的希望。

我们长成一个莲藕，
阳光是我们生命的滋养，
污泥是我们成长的历练，
碧波是我们丰收的欢畅。

我们的爱情之花永远美丽盛开

正如鲜花
是大自然孕育的精华，
我们的爱情
是两颗心培育的鲜花。

我们初恋，植物爆出了嫩芽；
我们热恋，嫩芽长出了枝丫；
我们成家，枝丫开出了鲜花；
我们立业，鲜花结出了英华。

纯洁的冬天，我们是一见钟情的茶花；
温暖的春天，我们是山盟海誓的梅花；
热烈的夏天，我们是百年好合的荷花；
深沉的秋天，我们是忠贞不渝的菊花。

爱得甜蜜，我们是形似火焰的合欢花；
爱得浪漫，我们是色如虹霓的玫瑰花；
爱得温存，我们是香若蜂蜜的栀子花；
爱得永恒，我们是情同松柏的月季花。

我们离别，自有那鲜花传递思念情话；
我们相聚，自有这鲜花装点氛围高雅。
我们欢愉，草儿纷纷开出了奇葩；
我们欣慰，树儿扬扬绽放了珍花。

我们的爱情
是两颗心培育的鲜花，
正如鲜花
是大自然孕育的精华。

让你尽享慰抚与香甜

如果你是可爱的鱼儿，
我愿做微波荡漾的碧水湖，
用温柔与你亲密拥抱，
让你安逸地游来游去尽享慰抚。

如果你是活泼的鸟儿，
我愿做万紫千红的百花园，
用芬芳与你情意缠绵，
让你快乐地飞来飞去尽享香甜。

心语心愿

让你眼前的鲜花
倾吐我赞美的芬芳；
让你头顶的明月
播撒我爱恋的柔光；
让你脚下的流水
荡漾我思念的琼浆；
让你身边的微风
传递我祝福的悠扬。

难 忘

难忘青涩岁月——
阳光下诗为媒的相识，
草坪上球为介的结缘。

难忘奋发岁月——
高山旁哲为重的互学，
大海边志为先的共勉。

难忘激情岁月——
恋爱时信为使的传情，
结婚后家为港的思念。

难忘立业岁月——
工作中勤为基的比翼，
创作里专为本的并肩……

我们在相爱中形成了一个圆

一九五七年四月十日和十二月四日，
是我和你降生人间的两个点。

在新中国温暖的怀抱中，
我们是分别延伸的两根线。

一九七五年生机盎然的春天，
我们在申城巧遇了相交点。

从此我向着你你向着我同心发展，
我们在相爱中形成了一个圆。

给亲爱的萍萍

有的人对待爱情不专一，
有的人结婚离婚当儿戏。
喜新厌旧，水性杨花，
这种人一生也无真情意。

高山流水，知音最难觅；
天上人间，有情才有义。
愿我们相亲相爱永不分离，
愿爱情地久天长甜甜蜜蜜。

2

第二辑·神箭连心诉情意

一见钟情

消暑欣然遇海滨，
有缘一见两相钦。
对诗巧露鸳鸯意，
通信直说郎女心。
柳下握别云落泪，
山间笑语水弹琴。
八年过后稻熟日，
岭北江南同探亲。

你也像燧石

你也像燧石，
我也像燧石。
两石一相碰，
迸发火和知。

你也像红莲，
我也像红莲。
两莲永不离，
命根紧相连。

初　恋

来到你家后窗下，
开口欲叫，
心儿乱跳。
徘徊，
犹豫，
正月圆花俏。

转到你家边门前，
举手轻敲，
脸儿发烧。
欣喜，
羞涩，
入林间小道……

热　恋

折柳说竹马，
荡舟论古诗。
林中迷恋处，
月起不觉迟。

惜　别

春江情脉脉，
南岭愁重重。
渡口两依依，
黄昏雨濛濛。

孤　寂

别后向谁说，
满腹情与思！
山明水秀处，
独坐对鹭鸶。

忧 伤

遥知妹生日，
欲表多少情！
采花捧手上，
惘然踱前庭。

团　圆

掰开月饼来，
和妹各一半。
月可自团圆，
人岂能失伴。

睡吧，爱妻

睡吧，爱妻，
可正梦见我和你？
脸上露着微笑，
好像白天一起……

睡吧，爱妻，
醒来你也会凄迷。
启明星在闪耀，
丈夫又要远离！

中秋偕妻拍月

昔年相思望圆魄，
今夕依偎沐清辉。
趁着月近云飘离，
拍得婵娟话回归。

偕妻冬日红园寻芳

天蓝日红云飘，
草青树绿花娇。
鸳鸯冬园寻芳，
心随鸣禽凌霄。

爱萍和诗《随夫冬游红园》

日暖风和林茂，
湖清亭秀花俏。
夫妻冬游故地，
触景回忆年少。

上海红园

乐园建在卫星城，
五十余载助升腾。
堆山增色赏花树，
开湖组景荡舴艋。
戏游习武忆少友，
赋诗作文会高朋。
最爱偕妻来探春，
漫步曲径话征程。

嵩山少林寺

习武崇少林，
偕妻访嵩山。
碧溪锁古寺，
屏障护宗禅。
达摩授正法，[1]
助战保平安。[2]
天下第一刹，
美誉万代传。

[1] 达摩：少林寺始建于北魏太和十九年（495 年）。三十二年后，印度名僧菩提达摩来到少林寺传授禅法。达摩被称为中国佛教禅宗的初祖，少林寺被称为禅宗的祖庭。

[2] 助战：唐初，少林寺已拥有一支勇猛善战的僧侣队伍。武德年间，少林寺僧十三人，在李世民讨伐王世充的征战中助战解围，立下汗马功劳。李唐立国后，唐太宗李世民封昙宗和尚为大将军，并特别允许少林寺和尚练僧兵、开杀戒、吃酒肉。以后各朝代相沿成习。宋代，少林武术又有很大提高，寺僧多达两千余人。元仁宗皇庆元年（1312 年），少林寺住持福裕被追封为晋国公。明朝，少林寺到达鼎盛时期。

栀子花

——花语是“永恒的爱”

端午游园时，
琼枝瑞雪香。
掐来当佩玉，
赠予饰霓裳。

情人节

偕妻赏月观洋戏，
奉上玫瑰巧克力。
共醉香艳浸甜蜜，
神箭连心诉情意。

庆珍珠婚

——献给亲爱的小萍

梅竹奇遇结良缘，
并蒂比翼三十载，
共苦同甘兴家业，
齐乐协为向未来。

与妻共勉

银发伴年长，
赤情随历增。
志高心不老，
携手乐攀登。

3

第三辑·与子永相偕

桂 花

——赠小萍

群芳摇落时，
叶腋缀金黄。
月降三秋色，
风飘九里香。
玉容虽不艳，
天馥已无双。
花俏难长久，
圣洁千古扬。

睡　莲

——赠小萍

日出花舒皎为美，
月来英卷姿亦磊。
生于淤泥清水中，
洁身向阳终不悔。

栀子花

——赠小萍

（二首）

冬育得冰清，
夏绽呈玉洁。
甘香传心语，
与子永相偕。

枝繁出沃壤，
叶茂得暖阳。
雪花奉丹心，
蜜香播华邦。

小　萍

从小锻炼悟性高，
一直勤奋基础牢。
文章获奖书法好，
绘画逼真绣花巧。
歌声动听琴音妙，
射击精准游泳矫。
虚心学习多讨教，
不断超越永不骄。

小萍唱歌

嗓润腔圆涤性灵，
声甜音醇出真情。
人生就是一首歌，
快乐心曲最动听。

诗作《夏夜泛舟》喜得郭亮谱曲[1]

大师谱曲诗展翅，
爱妻演韵歌飞翔。
泛舟唱谣荡心潮，
荷湖飘香正月朗。

[1] 我于 1982 年 7 月 23 日二十五岁时创作了自由诗《夏夜泛舟》：“湖面闪着银色的月光，凉风送来荷花的暗香。划入西子柔蜜的梦境，恍惚飘临天河的中央。”时隔三十多年，该诗喜得音乐大师郭亮谱曲。爱妻连夜学谱，唱出韵味。

小萍弹琴

凤眼遥望窗外月，
玉指妙弹古琴弦。
一曲盼望音缠绵，
愿君感知早团圆。

小萍种花

佳人怀芳心，
培植润甘霖。
花开倍思亲，
香风传温馨。

小萍集邮

小萍自幼爱集邮，
伴随成长数十载。
票面虽微天地大，
气象万千入目来。
开卷走进博物馆，
品图畅泳知识海。
共赏互换增情趣，
精美世界更神采。

贺小萍生日

幸巧诞金秋，
岁岁获丰收。
回首足欣慰，
更祈壮志酬。

新长干行

十七在医院，
陪弟遇见君。
同为校干部，
谈诗两相钦。

君读大学时，
鸿雁传佳音。
月遇一两次，
甜蜜又欢心。

廿四已登记，
一如未结亲。
次年办婚礼，
借居小河滨。

君远不常回，
独守还持矜。
自己求上进，
助君来打拼。

廿六怀孕时，
反应大难禁。
住院保胎儿，
顺产得千金。

难得星期天，
君写需静心。
骑车带女儿，
不慎摔伤筋。

自君从警起，
危险又艰辛。
消除后顾忧，
港湾驻温馨。

哺育孩成长，
孝敬咱双亲。
生活幸福多，
事业发展新。

诗赞爱妻

纯真爱情得明珠，
父母取名寄希望，
爱是忠诚重情义，
萍乃生机与吉祥。

萍萍人小志气大，
品学兼优干部当，
能歌善舞多才艺，
助人为乐众夸奖。

自幼柔肩挑重担，
做饭洗衣一人扛，
照顾长辈尽孝心，
疼爱弟弟感上苍。

毕业留在军工企，
后改上海三菱厂，
财务当上会计师，
统计名震电梯行。

陪弟遇郎得佳缘，
夫妻恩爱如鸳鸯，
节俭购房兴家业，
帮助女儿圆梦想。

赞贤妻

你有荷花出泥不染的纯真，
你有梅花凌寒绽放的坚韧，
你有桂花清香宜人的无私，
你有兰花芬芳永葆的忠贞。

你是真善美的使者

你是真的使者，
以务实创造成功人生。
春风是你奋发的朝气，
秋实是你辛勤的收成。

你是善的使者，
以助人创造快乐人生。
鲜花是你付出的微笑，
美酒是你奉献的香醇。

你是美的使者，
以心灵创造幸福人生。
青山是你纯洁的甜蜜，
绿水是你忠诚的温存。

笑

感到幸福，
你甜笑，
绽开最美的花朵，
展示亮丽的容貌。

勇对困难，
你傲笑，
挺起坚毅的脊梁，
传来胜利的捷报。

获得成功，
你欢笑，
弹奏壮美的乐曲，
演绎创造的美妙。

迈向未来，
你微笑，
放射灿烂的阳光，
照亮前进的大道。

给未来的宝宝

好宝宝呀，
爸妈又在想你。
虽然你还在爸妈青春的活力里，
虽然你还在爸妈金色的幻想里。

好宝宝呀，
一年后你就能呱呱坠地。
你将生活在爸妈温暖的怀抱里，
你将成长在爸妈美好的祝愿里。

好宝宝呀，
倘如你是个男孩子，
爸妈就叫你“建伟”。
“小伟伟”呀，
爸妈的希望就在你的名字里。

希望你树立崇高的理想，
为建设伟大的祖国尽力；
希望你勇攀高峰，

建立不朽的伟绩。

好宝宝呀，
倘如你是个女孩子，
爸妈就叫你“小青”。
“小青青”呀，
爸妈的希望也在你的名字里。

“青出于蓝而胜于蓝”，
这是祝你比爸妈生活得更有意义；
“青青芳草迎风起舞”，
这是祝你要有芳草一样顽强的生命力。

好宝宝呀，
爸妈多么疼爱你。
你要健康地生长，
别让爸妈着急。

好宝宝呀，

懂事后要好好学习。
要听爸妈的话，
别惹爸妈生气。

好宝宝呀，
长大后别辜负爸妈的希冀：
要像妈妈那样心地纯洁，
要像爸爸那样壮心不移。

好宝宝呀，
虽然你还未来到人世里，
爸妈已在爱你，
爸妈已在希望你……

诗赠爱女

甜蜜爱情得结晶，
父母起名予厚望，
俊为清秀才出众，
晴是阳光青胜蓝。

小女自幼多才艺，
三岁背诗众夸奖，
四岁唱歌音绕梁，
五岁绘画成特长。

青春靓淑显丽质，
永葆童心与梦想，
杂志连续刊插画，
勤奋誓把画家当。

最可宝贵有爱心，
感恩报恩敬师长，
帮困解难乐助人，
善待猫狗记心上。

成熟成才到成功，
面对坎坷须坚强，
迈步正道要坚持，
好人一生定平安。

家

婴儿时，
家是舒服摇篮，
吮着母亲乳汁甘甜，
荡着父亲歌声悠扬。

少年时，
家是快乐天堂，
享着妈妈饭菜美味，
偎着爸爸故事温暖。

青年时，
家是约会西厢，
亲着花儿并蒂开放，
蜜着鸟儿比翼飞翔。

中年时，
家是生活靠山，
孝着父母安享天伦，
抚着儿女健康成长。

老年时，
家是幸福港湾，
恋着恩爱有乐有为，
依着相助健康平安。

新　生

婴孩脱险得新生，
两岁习步仿发声。
幼园儿歌受启蒙，
小学“文革”遭歪风。
体弱多病求上进，
习文练武渐提升。

中学当上校干部，
十七留校独担承。
考入体院七七级，
再次留校小试锋。
有志终圆复旦梦，
法律硕士基础增。

献身公安三十年，
报国为民心纯正。
发表论文数十篇，
理论研究勤攀登。
创作诗歌出诗集，

加入协会乐传承。

父母养育恩情深，
吾辈孝敬愿寿恒。
爱妻贤惠又坚强，
家兴业旺辛勤耕。
小女将至而立年，
祝愿超越心愿成。

回首奋斗数十载，
笨鸟先飞终升腾。
没有悔恨唯感恩，
组织培养盛世逢。
成绩当作新起点，
永葆青春奔前程。

我的愿望

假如我能得到传说中的宝葫芦，
可以帮我实现三个梦想，
亲爱的，你知道，
什么是我最愿实现的梦想？

当然，我绝不会想入非非，
比如成为亿万富商，
比如再有一个儿子，
比如得到多大名望。

我想实现的第一个梦想，
是与你环游世界最美的地方，
在每一个景点都摄下我们的欢快，
让你回来后给子孙讲述得神采飞扬。

我想实现的第二个梦想，
是给你买架钢琴放在厅堂，
我写诗来你谱曲，
让我们幸福的爱情插上翅膀飞翔。

我想实现的第三个梦想，
是让我们永葆青春和健康，
更好地孝敬父母安享天伦之乐，
更久地共度孩子成功的美好时光。

假如你能得到传说中的宝葫芦，
可以帮你实现三个梦想，
亲爱的，你也告诉我，
什么是你最愿实现的梦想？

4

第四辑·思念是一朵心中的荷

山水之恋

山绕着水，
水萦着山，
山高水深，
意重情长。

山恋着水，
水慕着山，
山清水秀，
相映增光。

山依着水，
水靠着山，
山刚水柔，
同担风霜。

山衬着水，
水托着山，
山坚水韧，
共享艳阳。

思　念

思念，
是一条心中的河，
源源不断，
莹莹清澈。

思念，
是一朵心中的荷，
淡淡清香，
浓浓暖色。

思念，
是一对心中的鸽，
翩翩比翼，
关关相和。

相思与欢聚

夜空上，
月如钩，
清辉洒九州。
情歌悠扬诉相思，
江水向东流。

天河隔，
望穿眸，
鹊桥解离愁。
琴瑟谐和庆欢聚，
微风拂绿柳。

眼睛——心灵的窗户

眼睛——心灵的窗户，
你的神采多么微妙和丰富。
你比音乐更深奥，
你比小嘴还灵巧，
无声的变化能蕴含全部，
有时也会把秘密透露。
眼睛——心灵的窗户，
通过你，就能透视心灵的深处。

太阳花

离别了太阳，
拱手虔诚地祈祷，
面对着暗淡的苍天。
盼来了太阳，
绽开晕红的笑脸，
吐不尽芬芳的蜜言。
啊！多少离合，
多少苦涩、甜蜜与依恋！

爱情的滋味

初夏的西子湖在夕照下
柔和地闪着耀眼的金辉，
几个妙龄女子在白堤上
亲热地谈着爱情的滋味。

“爱情的滋味是苦的，”
那涂红戴绿的姑娘噘起小嘴，
“他呀，就知道搞设计，
一点也不体贴人，脾气又怪。”

“爱情的滋味是酸的，”
那矮矮胖胖的姑娘扭捏作态，
“昨晚上，我看见
他把一个女的送出家来。”

“爱情的滋味是甜的，”
那脸晕薄红的姑娘嗓音甜美，
“你们呀，还不懂得爱情，

才在苛求、嫉妒中尝了苦味和酸味。

“爱情是深厚的，
同甘共苦，倾心相爱；
爱情是高尚的，
携手并进，互相信赖。”

初夏的西子湖在月光下
轻轻地耀着淡淡的银辉，
几个妙龄女子在苏堤上
亲热地谈着爱情的滋味……

找对象

那年，我认识一位姑娘，
她对我真多情。
但她虽有月貌花姿，
人却不聪明。

前年，我认识一位姑娘，
她对我还有心。
但她虽是才华横溢，
人却不够俊。

今年，媒介绍一位姑娘，
一不聪明二不俊。
我倒想迁就，
她却望着我额头的皱纹说不行。

咳！我已成了老大难，
只好再把前两位姑娘寻。
谁知，那漂亮的姑娘早成亲；
不料，那聪明的姑娘已成名。

可别嫁给小心眼呀

可别嫁给小心眼呀，
要不，我们的友谊就完啦。
你会违心地疏远我，
对着醋海伸手给他。
偶尔，当我们路见，
你会晕红脸低头看娃娃。
过后，虽偷偷回眸、郁郁怀旧，
可还是笑容可掬地走进家。
抛弃所有男女间的友谊，
他才会说你已全心爱他。
可别嫁给小心眼呀，
要不，只好各叹流水落花。

相识相知相恋相守

相识是缘，
多少人相遇不相识。
相知是分，
多少人相识不相知。

相恋是爱，
我慕你你慕我相仪。
相守是情，
我靠你你靠我相依。

雨 后

我想那王母挥出的一河波浪，[1]
已在春雷声中倾入长江；
我想那雨后明丽的蓝天上，
牛郎织女正悲喜异常；
我想那轻盈的流霞，
定是前去祝福的六位仙娘；
我想那神奇的彩虹，
定然通向他们富丽的天堂。

[1] “王母挥出的一河波浪”取自一个关于牛郎织女的传说：织女是王母娘娘的外孙女，在天上织云彩。牛郎是人间的看牛郎，受兄嫂虐待。有一天，牛告诉牛郎，织女要和别的仙女到银河去洗澡，叫他取一件仙衣，织女找衣服时，再还给她，并要求和她结婚。牛郎照样做了。织女和牛郎结婚后，生了一男一女。王母娘娘知道后，便把织女捉回去。牛又告诉牛郎，他可把它的皮披在身上，追到天上去。等牛郎挑着两个小孩，追到天上去时，王母娘娘拔下头上的发簪，在织女后面一划，形成一道天河，把这对恩爱夫妻隔开了。他们天天隔河相望啼泣，感动了王母娘娘，于是允许他们每年七月七日相会一次，并由喜鹊为他们架桥。本诗通过想象，发展了原来传说的故事情节。

七夕节祝愿[1]

天帝变慈父，
郎女得幸福。
鹊桥助相聚，
花屋供同住。
银河齐沐浴，
玉宇共信步。
七夕来祝愿，
情人成眷属。

[1] 牛郎织女是中国最有名的民间传说（有不同的版本），也是中国最早关于星的故事。南北朝时期任昉在《述异记》里写道："大河之东，有美女丽人，乃天帝之子，机杼女工，年年劳役，织成云雾绢缣之衣，辛苦殊无欢悦，容貌不暇整理，天帝怜其独处，嫁与河西牵牛为妻，自此即废织纴之功，贪欢不归。帝怒，责归河东，一年一度相会。"本诗用美好的想象，使该传说的故事情节有了新发展，织女的父亲天帝从每年只许女儿与牛郎相会一次的恶父变成了疼爱女儿的慈父，牛郎、织女终于可以永远生活在一起相亲相爱了，他们在七夕节祝愿天下有情人都能终成眷属。

纵入地狱胜天庭

牛郎织女空怀春，
遥望思念度妙龄。
若能并蒂长相守，
纵入地狱胜天庭。

中秋寄语嫦娥

长生诚难得，
孤苦又何益？
爱情更可贵，
团圆最甜蜜。

中秋寄语后羿

既有射日功，
能无登月才？
快趁蟾宫近，
抱得嫦娥来。

中秋寄语有情人

月光照无眠，
花香传心弦。
名利本浮云，
眷属快团圆。

芭蕾舞天鹅湖

公主奥杰塔在湖畔采花时被魔王罗斯巴特施咒语变成天鹅，晚上才能变回人形，只有爱情可以破除魔法。王子奇格弗里德看到一只天鹅变成少女，坚信这就是他的心上人。魔王伪装成使臣，并把女儿奥吉莉娅变成奥杰塔。王子在魔王的要求下对奥吉莉娅许下爱的誓言，醒悟后冲破魔王制造的暴风雪，在湖畔找到真正的奥杰塔抱在一起跳入狂涛。霎时奇迹出现了，爱情战胜了妖魔，王子和公主沐浴在霞光中，开始了美好生活。

娇美公主奥杰塔，
湖畔采花被咒压，
昼为天鹅夜变人，
只有爱情破魔法。

英俊王子弗里德，
爱上公主迷莉娅，
当着魔王许誓言，
醒悟悲愤受欺诈。

王子冲破暴风雪，
湖畔找到奥杰塔，
拥抱跳入狂涛中，
为爱殉情感天涯。

魔窟坍塌魔法破，
湖水退潮危险化，
坚贞爱情胜妖魔，
王子公主沐朝霞。

音乐交响富诗意，
舞蹈轻盈又挺拔，
故事正义胜邪恶，
百年经典真高雅。

警察心声

娶妻子，恋妻子，
心愿常守相聚少。
有你理解和支持，
执法热情高。

爱妻子，夸妻子，
事业有成家业好。
别太辛苦甭牵挂，
身体最重要。

警嫂心声

爱警察，嫁警察，
聚少离多我不怕。
敬老抚幼有我呐，
安心工作吧。

想警察，助警察，
做好事业顾好家。
传来捷报高兴啊，
注意安全呀。

钻石物语

我天价之宝，
不及爱情万分之一；
我象征爱情，
物语揭示幸福真谛：

我形成亿年，
象征爱情地久天长；
我火山喷出，
象征爱情浪漫激扬。

我元素单一，
象征爱情合意同心；
我硬度最高，
象征爱情坚贞温馨。

我洁净无瑕，
象征爱情专一忠诚；
我透明没色，
象征爱情纯真神圣。

我脆性较大，
象征爱情需要包容；
我切工精湛，
象征爱情应当求同。

我象征爱情，
物语揭示幸福真谛；
我天价之宝，
不及爱情万分之一。

爱情与幸福在一起

宇宙与无限在一起，
太阳与光明在一起，
月亮与希望在一起，
爱情与永恒在一起。

山峰与崇高在一起，
海洋与博大在一起，
草原与生机在一起，
爱情与忠诚在一起。

雄鹰与理想在一起，
骏马与奋斗在一起，
鲤鱼与前程在一起，
爱情与成功在一起。

荷花与纯洁在一起，
牡丹与富贵在一起，
楠木与担当在一起，
爱情与幸福在一起。

附录

附录

歌曲

盼 望

胡永明 词
舒爱萍 曲

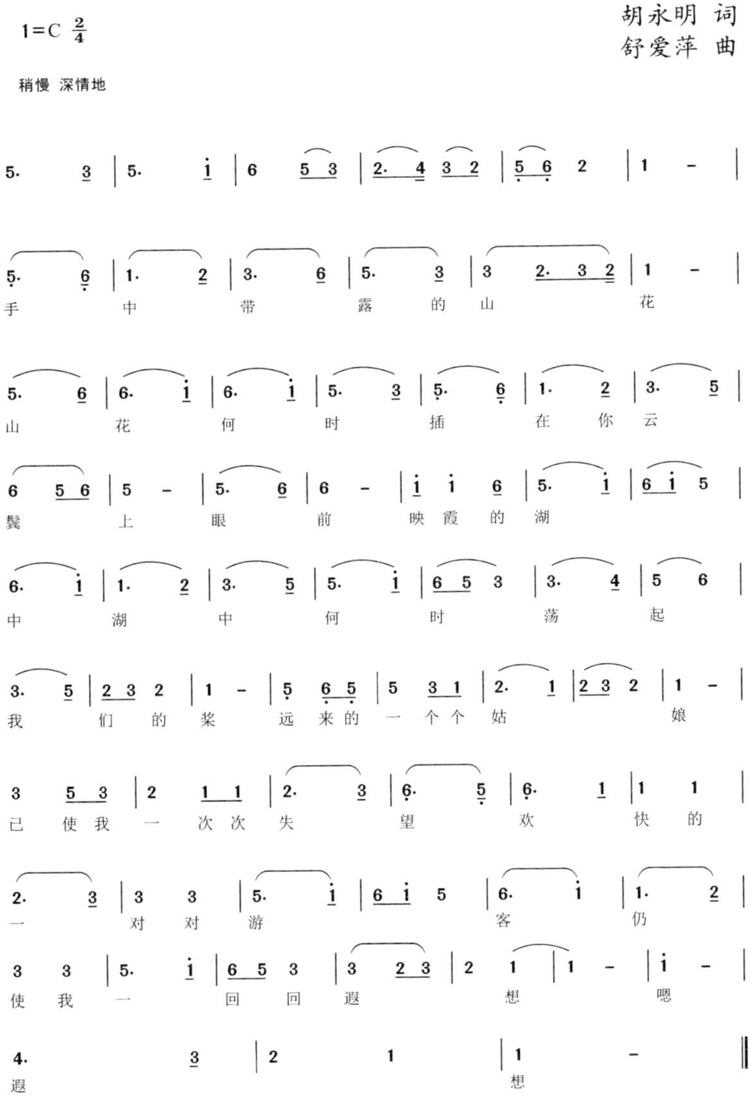
1=C 2/4
稍慢 深情地
手中带露的山花
山花何时插在你云
鬓上眼前映霞的湖
中湖中何时荡起
我们的桨远来的一个个姑娘
已使我一次次失望欢快的
一对对游客仍
使我一回回遐想嗯
遐想

思 念

1=C $\frac{2}{4}$

胡永明 词
舒爱萍 曲

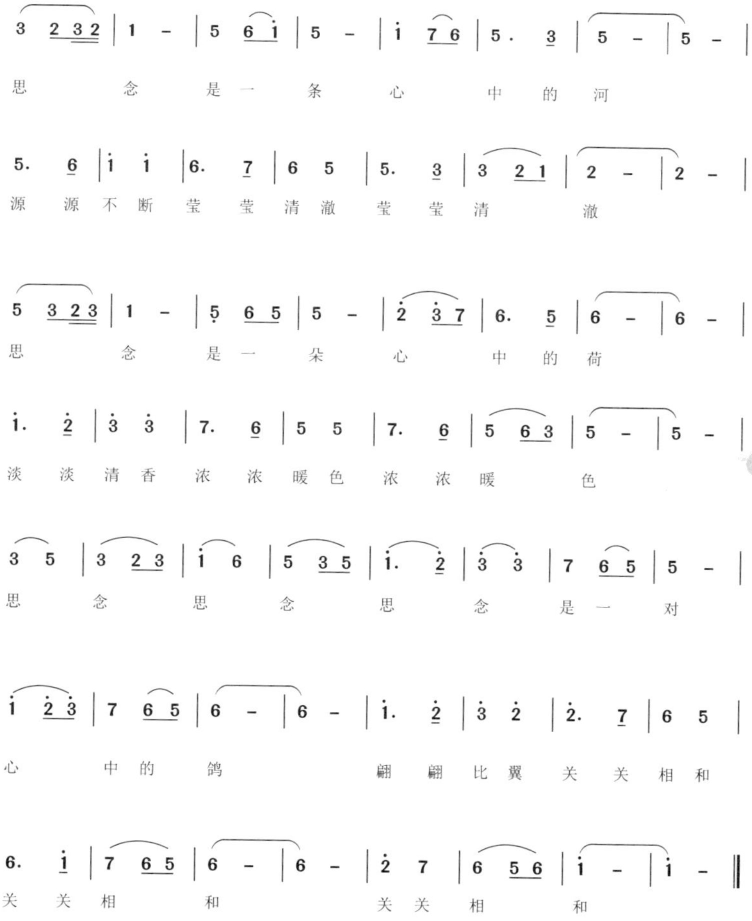

中英日三语诗歌

给远方的至爱

你远在天涯，
就像明月挂在天际；
你在我心中，
就像明月映在水里。
我的祝福是清晨的鸟鸣，
为使你快乐千啭百啼；
我的召唤是黄昏的轻风，
留恋地牵起你的罗衣；
我的相思是不尽的流水，
长年缠绵在你的住地；
我的情爱是不落的太阳，
环绕着你永远不会偏离。

To My Far Away Love

You are far away from me,
Like the moon in the sky;
You are in my heart,
Like the moon reflected on the water.
My blessing is the song of the morning bird,
Sung beautifully to make you happy;
My calling you is the evening breeze,
Blowing your dress with love;
My longing for you is the everflowing water,
Running slowly around where you live;
My love for you is the never setting sun,
Circling around you without deviation.

（卢敏译）

遠い所の恋人へ

君が遠い天涯にいるので、
明月が空のはてに掛けるようだ。
君が僕の心にあるので、
明月が水に映えるようだ。
僕の祝福は朝の鳥鳴りで、
君を楽しくさせよく鳴る。
僕の呼掛けは夕の軽い風で、
惜しんで君の衣裳を挽く。
僕の思いは流れきれない水で、
長年に君の住居を巡っている。
僕の愛情は沈まない太陽みたいに、
君を回って永遠的に外れない。

（舒强华译）

コメント：天涯は地名で、中国の海南島にあり、
中国の一番南のほうである。

我真幸福

我真幸福，
我美丽的姑娘，
我爱春花的娇美，
那娇美就在你的笑靥上。

我真幸福，
我热情的姑娘，
我爱夏日的炽热，
那炽热就在你的赤唇上。

我真幸福，
我温柔的姑娘，
我爱秋月的柔光，
那柔光就在你的明眸上。

我真幸福，
我忠贞的姑娘，
我爱冬雪的纯洁，
那纯洁就在你的心灵上。

I Am Really Happy

I am really happy,
My pretty girl.
I love the beauty of the spring flowers,
And that beauty is on your smiling face.

I am really happy,
My passionate girl.
I love the heat of the summer sun,
And that heat is on your red lips.

I am really happy,
My gentle girl.
I love the soft light of the autumn moon,
And the soft light is in your bright eyes.

I am really happy,
My faithful girl.
I love the purity of the winter snow,
And the purity is in your heart.

（卢敏译）

僕は本当に幸せだ

僕は本当に幸せだ。
僕の綺麗なあの子よ。
僕は春の花の美しさが好きで、
その美しさが君の笑顔にある。

僕は本当に幸せだ。
僕の熱情のあるあの子よ。
僕は夏の暑さが好きで、
その暑さが君の赤い唇にある。

僕は本当に幸せだ。
僕の優しいあの子よ。
僕は秋月の柔らかい光が好きで、
その柔らかい光が君の明眸にある。

僕は本当に幸せだ。
僕の忠節のあるあの子よ。
僕は冬雪の純潔が好きで、
その純潔が君の心霊にある。

（舒强华译）

初　恋

来到你家后窗下，
开口欲叫，
心儿乱跳。
徘徊，
犹豫，
正月圆花俏。

转到你家边门前，
举手轻敲，
脸儿发烧。
欣喜，
羞涩，
入林间小道……

First Love

Under your rear window I came,
To call you lovingly,
Yet feeling my heart beat wildly.
Lingering,
Hesitating,
Under the full moon and among the beautiful
flowers.

To your side door I strolled,
Raised my hand and tapped,
With a burning flame on my cheek.
Joyfully,
Shyly,
On the path in the woods we stepped…

（冀洁茹译、卢敏校译）

初　恋

君の家の後ろ窓際に来た時、
口を開けて叫びたかったが、
胸がどきどきしていた。
徘徊したり、
躊躇したりした。
正月が丸く、花が満開だ。

君の家の横の扉まで回して、
手を挙げ、軽く敲くと、
顔が赤くなった。
喜んで、
恥ずかしかった。
林間の小道に入った。

（舒强华译）

那晚潮拍岸的声响

那晚潮拍岸的声响，
富有节奏，宛如音乐。
它常在我耳旁回响，
那么清晰，那么亲切。
记得每当我俩散步，
总去江边，不知不觉。
我爱搂着你的细腰，
你靠着我，听那“音乐”。

那浪和岩的协奏曲，
时而悠扬，时而激越。
它使我们想起过去，
临江执手，无语哽咽；
它使我们憧憬未来，
同舟并进，充满喜悦。
那晚潮拍岸的声响，
富有魅力，在那月夜……

The Sound of the Evening Tide

The sound of the evening tide is,
so rhythmic as music that I enjoy.
It often lingers in my ear,
so sweet and so dear.
Whenever we go out for a walk,
We'd turn to the riverside with one accord.
I love to put arms around your slender waist,
and you lean on my shoulder listening to the music.

The concerto of the waves and rocks is,
sometimes melodious, sometimes intense.
It reminds us of the past unbearable parting time,
when we held hands choking back tears.
It inspires us to create the future,
with joint effort and full of joy.
The sound of the evening tide is,
so charming in the moonlight.

（何昆仑译、卢敏校译）

あの夜潮が岸を打つ音

あの夜潮が岸を打つ音、
音楽のようにリズム有る。
常に僕の耳に響き、
どんなに綺麗で親切だろうか。
毎度二人で散歩の際、
知らないうちに川辺へ向かい、
君の細い腰よく抱きしめ、
僕に寄せあの音楽聞くと覚えてる。

あの波と岩からの協奏曲、
時には抑揚で時には激越だ。
過去のことを思い出させ、
川際に手を取り無言になった。
未来のことを憧れさせ、
同船で進め喜びに溢れた。
あの夜潮が岸を打つ音、
魅力一杯、あの夜の月に…

（舒强华译）

让我们到野外去游玩

我美丽的姑娘，
快穿上活泼的春装，
在这晴朗的周末，
让我们到野外去游玩。

小鸟哲哲地鸣叫，
那是在向我们召唤；
鲜花悄悄地开放，
那是在把春天打扮。

我要编只最美的花冠，
给花的皇后戴上；
我要唱曲最美的歌儿，
把百鸟请来作伴。

让我们的生活比牡丹花更美，
让我们插上金凤凰的翅膀，
“我们无须等候死亡，
我们要活着飞上天堂！”

Let's Go Playing in the Field

My pretty girl,
Put on your lovely spring outfit.
On the sunny weekends,
Let's go playing in the field.

The birds tweet and tweet,
To call us to play;
The flowers bloom in silence,
To make spring beautiful.

I would make a most beautiful garland,
For the queen of the flowers;
I would sing a most beautiful song,
To invite the birds to join.

Let's make our life more beautiful than the
peony flower;
Let's put on the wings of the golden phoenix.
We don't need to wait for death;
We should fly to the heaven alive!

（朱伊革译）

野外へ遊びに行こう

僕の綺麗なあの子は、
活発な春の着物を速く着替え、
この晴れの週末に、
野外へ遊びに行こう。

小鳥が騒がしく鳴いていて、
それは僕らへ呼び掛けているのだ。
生花が密やかに咲きはじめ、
それは春を飾っているのだ。

僕は一番美しい花冠を作って、
花の皇后に被ってあげるよ。
僕は一番美しい歌を歌って、
百鳥を呼んで来て相手にしよう。

僕らの暮しを牡丹の花より美しくさせ、
僕らに金鳳凰の翼を生えさせる。
僕らは死亡を待つ必要が無く、
僕らが生きて天堂へ飛んで行こう。

（舒强华译）

中英双语诗歌

让我们插上音乐的翅膀

我可爱的姑娘，
让我们插上音乐的翅膀，
披着霞光向着春色，
欣喜地比翼飞翔。

在浪漫的乐曲声中，
我们先来增添爱情的芬芳。
我们在樱花树下采集艳丽诗意，
我们在玫瑰园中谱写华美乐章。

在快乐的乐曲声中，
我们再来增添爱情的韶光。
我们在碧波湖中晓悟鸳鸯恩爱，
我们在彩云天上领略凤凰吉祥。

在高昂的乐曲声中，
我们更来增添爱情的激扬。
我们在大自然里感受山欢水笑，
我们在银河系内沐浴日辉月光。

Let's Have the Wings of the Music

My lovely girl,
Let's have the wings of the music.
In the rays of the morning sun,
Let's fly together to the spring scenery with joy.

In the romantic melody,
We add flavor to our love.
We collect poetic lines under the cherry tree,
We compose beautiful music in the rose garden.

In the happy melody,
We add light to our love.
We perceive the love of the mandarin ducks on the lake,
We comprehend the luck brought by the phoenix in the sky.

In the high melody,
We add passion to our love.
We hear the mountain and the water laughing,
We bathe in the sunshine and the moonlight.

（朱伊革译）

找对象

那年，我认识一位姑娘，
她对我真多情。
但她虽有月貌花姿，
人却不聪明。

前年，我认识一位姑娘，
她对我还有心。
但她虽是才华横溢，
人却不够俊。

今年，媒介绍一位姑娘，
一不聪明二不俊。
我倒想迁就，
她却望着我额头的皱纹说不行。

咳！我已成了老大难，
只好再把前两位姑娘寻。
谁知，那漂亮的姑娘早成亲；
不料，那聪明的姑娘已成名。

Seeking for a Mate

That year, I met a girl,
Who was so enamored with me.
Fair as she was,
But not that bright.

The year before last year, I met a girl,
Who was affectionate to me, too.
Brilliant as she was,
But not that pretty.

This year, the matchmaker brings me a girl,
Neither bright nor pretty.
I'd like to settle for it,
But she stares at my forehead wrinkles and says, “Sorry”.

Well! I've been a drug on the marriage market,
Then I turn back to the two girls I met before.
Beyond my expectation, that fair girl has got married.
To my surprise, that brilliant girl has already risen to fame.

（夏恬译、刘霁校译）

中日双语诗歌

牵牛花的心曲

——爱情永固

每当我告别你离开家，
我的情爱便化作形形色色的牵牛花，
在我们的住地和你经过的沿途，
向着太阳——你的微笑盛开竞发。

你看，花的色彩多绚丽呀，
那是我在向你展示忠诚无价；
你闻，花的芬芳多淡雅呀，
那是我在向你吐露思念情话……

那瓣儿展开的花朵，
是我撑起的“雷达”。
黄的接收你的平安健康，
红的发射你的快乐荣华。

那冠儿圆拢的花朵，
是我吹起的“喇叭”。
白的赞美你的纯洁无瑕，
紫的歌唱你的贤惠可嘉。

那蔓儿缠绕着枝丫，
是我们恩爱得浪漫潇洒。
我们的精神永远亲密无间，
哪怕你我远在海角天涯。

牽牛花の心曲
—— 愛情が永遠に強固だ

君と別れ家を離れた時に、
僕の情愛は色とりどりの牽牛花になる、
僕らの住居と君の通った途中で、
日へ向かって君の微笑みが咲き乱れる。

花の色彩がどのくらい美しいかを見て、
それは君に忠誠無価を展示するのだ。
花の香りがどのくらい高いかを嗅いで、
それは君に思い慕い・睦言を吐露するのだ。

あの花びらが展開した花は、
僕が架けた「レーダー」だった。
黄色いのは君の無事・健康を受信するのだ。
赤いのは君の愉快・栄華を打上げるのだ。

あの冠が丸く囲まれた花は、
僕が吹き出した「喇叭」だった。
白いのは君の瑕疵がない純潔を賛美するのだ。
紫色は君の優れた善良を歌うのだ。

あの蔓が枝に絡み付いているのは、
僕らが相愛してロマンチックで洒落だ。
僕らの精神は永遠に親密で間がなく、
君と僕は海角・天涯のように遠くても構わない。

（舒强华译）

コメント：海角・天涯は地名で、中国の海南島にあり、一番遠い南のほうである。

诗评

爱到地老天荒

——读胡永明爱情诗有感

张蓉

关于诗歌最好的定义，应该是情动于衷而形于言。一首好诗，必得先有内心的感动。而人世间最容易引发人内心感动的，无疑是爱情。“关关雎鸠，在河之洲。窈窕淑女，君子好逑”；“在天愿作比翼鸟，在地愿为连理枝”；“我必须是你近旁的一株木棉，作为树的形象和你站在一起。根，紧握在地下；叶，相触在云里”……多么脍炙人口，多么荡气回肠。

爱情，之所以最容易引发人内心的感动，除却它的美好，我觉得，另外一个重要原因是它的稀有和善变。难能而贵，乃至“此曲只应天上有，人间能得几回闻”。但是，读完这本《给远方的至爱》，恍然发觉它现身了，现身在这纷纷扰扰的尘世，现身于一对恩爱男女之间。

初恋的滋味是什么？诗人写道：

来到你家后窗下，
开口欲叫，
心儿乱跳。
徘徊，
犹豫，
正月圆花俏。

转到你家边门前，
举手轻敲，
脸儿发烧。
欣喜，
羞涩，
入林间小道……

初恋少年的心之切和情之怯，都在这几行诗里面了。但这首诗的更好处，还是它上下两阙的最后一句。我一直喜欢古诗十九首的质朴和丰美，最喜欢的当数《行行重行行》。这是一首写别离的诗，可是写着写着突然出来两句："胡马依北风，越鸟巢南枝。"初看，你会觉得这两句不怎么搭调。可是，细细品味之后，你又会觉得这两句不搭调的诗，使全诗有了回旋起舞的空灵之态。这首《初恋》中的“正月圆花俏”和“入林间小道”，也具备了这个意味。它不再去说少年的情和态，而是转而写景，你看，月正圆，花正俏；你看，林间有小道，羞涩的我可以躲进去吗？景语即情语。花好月圆，象征着爱情的美好；而林间小道，又是那么的静谧和悠长，令人向往，也令人留恋。

再美好的爱情，也离不开烟火的气息。一对佳偶，分一只月饼吃，本是再平常不过的事情，但一经入诗，便陡然平添了诗意。一首《团圆》：

掰开月饼来，
和妹各一半。
月可自团圆，
人岂能失伴。

前面两句很直白，几近口语。但读到第三句，月可自团圆，便有了“月亮代表我的心”的意味。以月喻人间情事，是诗歌的传统。“人有悲欢离合，月有阴晴圆缺，此事古难全。”诗人说，月亮缺了，过些时日，又自己会圆的，但人不能失去伴侣，所以，我要和我的爱人长相厮守。

当你爱一个人，眼里所有的东西都会和他（她）有关，他（她）可以是天上的云影、山间的小溪，可以是一声鸟鸣，或者万顷碧波。在这本《给远方的至爱》中，诗人眼中的爱人，是梅，是兰，是竹，是菊，是荷花，是桂花，是栀子花……是一切馨香和美丽。曾奇怪，鄙夷功名利禄、守志不阿、独立率真的陶渊明，怎么写得出那么肉麻的《闲情赋》？如果允许我粗暴地翻译一下，大概意思是，我愿意是你的衣领，我愿意是你的裤带，我愿意是你鞋子的丝线，我愿意是你头发上的光泽，我愿意是你眉间的黛色……还有谢霆锋谱曲并演唱的那首至为经典的《玉蝴蝶》：“恋生花也是你，风之纱也是你，夫斯基也是你，早优生也是你。”真的，全心全意爱一个人时，上天是你，入地也是你；佛是你，魔也是你。所以，你弹琴，我写《小萍弹琴》；你唱歌，我写《小萍唱歌》；你种花，我写《小萍种花》……就是这么质朴，就是这么深情。吟咏你千遍也不厌倦。

感性如爱情，科学家也研究得出它产生的

原因，它保鲜的方法，甚至什么样的人喜欢什么样的人也能用数理的方法分析得出。这说明，爱情感性的后面，一定有理性在支撑。换句话说，有理性支撑的爱情，才有可能长久。在《给远方的至爱》中，《爱情的滋味》《找对象》和《可别嫁给小心眼呀》三首诗，应该归作是对爱情原理的诗性探究。

以《找对象》为例。对象应该找什么样的？一个月貌花姿的姑娘对“我”很多情，“我”却嫌人家不聪明；一个对“我”有心的姑娘才华横溢，“我”却嫌人家不够俊；到了后来，我想迁就时，一个既不聪明也不俊的姑娘却嫌“我”额头有皱纹。更为悲催的是，等“我”回去找前面两个姑娘时，已经物是人非。这首带着淡淡谐谑色彩的诗，有点逗，但背后的意蕴不容小觑。其实，不仅找对象，我们的人生也都想要找到自己想象的那只最大的麦穗，但唯有智者才能实实在在地抓住眼前的机遇。

维系一份感情，从来都是两个人的事情。最好的感情，是一起成长，一起进步。探究这份我前面称之为“人间能得几回闻”的爱情，仅仅从《给远方的至爱》这本诗集中，就可以看出果真是这样的。且看这首《偕妻冬日红园寻芳》：

天蓝日红云飘，
草青树绿花娇。
鸳鸯冬园寻芳，
心随鸣禽凌霄。

之后，是一首和诗，《随夫冬游红园》：

日暖风和林茂，
湖清亭秀花俏。
夫妻冬游故地，
触景回忆年少。

同一个红园，同一次出游，夫妻二人的视角虽有不同，但却读得出琴瑟相和与两心相悦。世间最美好的感情，就应该是这样：我们在同一个空间，我知道你在，你知道我在，彼此专注着自己眼前的事，偶尔抬起头对上对方的眼神，悄然一笑，静谧安好。

但其实《给远方的至爱》中最让我感动的，

当属《我的宝贝“小鸭子”》。妻子患病后，走路不稳当，常常会摇摇摆摆，自然令人心疼。诗人给她起了一个雅号，叫做“小鸭子”，三个平常的字，令人爱意顿生。

杜拉斯在《情人》的开篇，有一段很受文青们追捧的话：我已经老了，有一天，在一处公共场所的大厅里，有一个男人向我走来。他主动介绍自己，他对我说：“我认识你，永远记得你。那时候，你还很年轻，人人都说你美。现在，我是特为来告诉你，对我来说，我觉得现在你比年轻的时候更美。那时你是年轻女人，与你那时的面貌相比，我更爱你现在备受摧残的面容。”爱青春的面容易，爱备受摧残的面容难；爱健全易，爱残缺难。当你老了，丑了，瘸了，牙齿掉了，还有人这么爱你，那么，你和你的爱人，已经向世人证明，爱真的可以直到地老天荒。

2015 年 10 月写于上海

（作者是上海市作家协会会员）

夫妻情 人间爱

——读胡永明诗歌《警察心声》和《警嫂心声》有感

胡金标

《警察心声》和《警嫂心声》是胡永明创作的两首诗，收录在他的新诗集《给远方的至爱——胡永明爱情诗选》里。我以为，这是一组出色的爱情诗篇。《警察心声》表现了警察对妻子的牵挂、感激和赞扬，对因为工作原因“相聚少”的歉疚心情，以及积极工作的情形；《警嫂心声》表现了警嫂与丈夫的深厚感情，大力支持丈夫的工作，柔肩挑起家庭、工作两副重担。现在，让我们先来欣赏这两首诗：

警察心声

娶妻子，恋妻子，
心愿常守相聚少。

有你理解和支持，
执法热情高。

爱妻子，夸妻子，
事业有成家业好。
别太辛苦甭牵挂，
身体最重要。

警嫂心声

爱警察，嫁警察，
聚少离多我不怕。
敬老抚幼有我呐，
安心工作吧。

想警察，助警察，
做好事业顾好家。
传来捷报高兴啊，
注意安全呀。

这两首诗，一样的句式，一样的结构，一样的风格，一样的节奏，语言朴素，情真意切，夫妻情深，跃然纸上；奋发有为，溢于言表。

先看《警察心声》。第一句“娶妻子，恋妻子”，一个“恋”字反映出警察对妻子强烈的爱，和由此产生的爱恋、眷恋、思恋之情；下一句“心愿常守相聚少”，反映了人民公安“白加黑”“五加二”的工作特点，解释了因为“相聚少”而恋恋不舍分开、依依不断思念，并流露出警察对妻子的歉疚心情。第三句“有你理解和支持”，是警察对警嫂的肯定和赞扬，显示了警察妻子以国家利益为重的精神；下一句“执法热情高”，是请妻子放心，在她的理解和支持下，自己热情高涨、执法为民，工作做得很好。接下来，“爱妻子，夸妻子，事业有成家业好”，是警察对妻子的夸奖。妻子不仅是位贤妻良母，而且是个事业有成的新女性。最后两句“别太辛苦甭牵挂，身体最重要”，是警察对妻子的嘱咐，也表达了他对妻子的关爱。妻子又要忙工作、又要忙家务，很劳累；妻子因为公安工作艰辛而危险，又要时刻牵挂着丈夫，所以，警察嘱咐妻子要劳逸结合，不要搞得太辛苦；我没问题的，别放心不下我；健康最重要，你要保重身体。这首诗展现了人民警察正确处理工作和家庭关系，反映了警察也反映了警嫂以国家利益为重的高尚品质。

《警嫂心声》是对《警察心声》的应和，进一步表现了警嫂的高尚品质。该诗开头两句“爱警察，嫁警察，聚少离多我不怕”，是对《警察心声》中的“娶妻子，恋妻子，心愿常守相聚少”的回应，表现了警嫂嫁给警察早有思想准备、心理准备，所以对“聚少离多”无怨无悔，因为她理解丈夫的工作性质，甚至还把能让丈夫安心地“聚少离多”作为自己对丈夫应有的理解和支持。第三、四句“敬老抚幼有我呐，安心工作吧”，是警嫂对丈夫说，家里的一切事务我都会处理好的，你就放心吧，只管好好工作，千万不要为我为家分心而影响工作。这里可以再一次看出，妻子在以自己的行动和言语支持、鼓励丈夫忠诚履职。真是一个好妻子！警察的“执法热情高”，是与警嫂的“理解和支持”分不开的。歌曲《十五的月亮》中有句歌词写得好：“军功章呵，有我的一半，也有你的一半”。对于警察和警嫂，又何尝不是如此呢？！为了“助警察”，警嫂“做好事业顾好家”都觉得是应该的，所以警察夸妻子是“事业有成家业好”，真的感到妻子可敬可佩！当丈夫要妻子“别太辛苦甭牵挂”时，诗人没有写妻子因为丈夫的关心而感激丈夫，而用了一句“传来捷报高兴啊”来回应。意思是一次次的捷报，传来你工作上取得的成绩，作为妻子是何等地为你而高兴、为你而自豪啊，我怎样辛苦都是值得的，进一步表现出警嫂的高尚品质。丈夫嘱咐妻子“身体最重要”，妻子叮嘱丈夫“注意安全呀”，话语虽然简单，感情却很深厚。

这组诗像夫妻对唱，我们也可以将这两首诗交替着来排列阅读、来增进理解。

警察、警嫂心声

警察：

　　娶妻子，恋妻子，

　　心愿常守相聚少。

警嫂：

　　爱警察，嫁警察，

　　聚少离多我不怕。

警嫂：

　　敬老抚幼有我呐，

安心工作吧。

警察：

有你理解和支持，
执法热情高。

警嫂：

想警察，助警察，
做好事业顾好家。

警察：

爱妻子，夸妻子，
事业有成家业好。

警察：

别太辛苦甭牵挂，
身体最重要。

警嫂：

捷报传来高兴啊，
注意安全呀。

这组爱情诗篇，在这样的对唱中，充分展现了警察夫妇的夫妻情爱，同时在他们互相爱恋、心心相印的感情中，又融入了人间大爱。他们舍小家、为大家，共同报国为民，表现出了警察夫妇的高尚品质和崇高爱情。

爱情是生活和文艺永恒的主题，对爱情的歌唱和赞美自古就有、历来都有。各种人物的爱情都可以写，但是我们更应该去写那些为了中华民族的崛起，奋斗在祖国最需要的地方、领域和岗位上的那些人的爱情。也许他们是一栋梁，也许他们是一根柱，也许他们仅仅是一块砖，然而因为有了千千万万个他们，才有了今天的社会主义大厦。他们中的许许多多人，“心愿常守相聚少”。夫妻分隔两地，妻子遥望丈夫，丈夫思念妻子，一年一年又一年。为了中华民族的振兴，为了祖国的繁荣富强，他们无怨无悔。他们的品质是高尚的，他们的爱情是崇高的。他们是新时代最可爱的人！让我们的文学家、艺术家为他们放声歌唱吧！

写爱情并不一定写如何爱、如何想，只要表现手法得当，几件平凡小事反映出的爱情远比“爱你一万年”这样的空话更能打动人。这两首诗就是这样，内容简单，语言朴素，却情真意切，令人感动。诗人自己就是警察，诗中的内容是他的经历和写照，是有感而发，这也是这两首诗成功的重要原因。

结构上的对称是这两首诗的特色之一。这

种对称使诗富有节奏上的美感，给人以夫妻唱和、互相呼应的感觉，唱的都是家常事，涉及的是国家和人民的利益，平凡中见不凡，令人感动。

运用语气词表现女性柔美的性格特征，也是这两首诗的特色。我们可以发现，《警嫂心声》与《警察心声》相比，多了“呐”“吧”“啊”“呀”这些语气助词。这些词的运用并非完全是为了押韵，真正的目的是用来反映警嫂的温柔多情，表现出女性的性格特征。《警察心声》中的主人公是男性，当然就用不着这类词了。这两首诗放在一起，形成一种对比，读后的感觉是，《警察心声》让人体会到男性的刚强，但刚而不烈；《警嫂心声》让人体会到女性的柔美，但柔而不弱。诗人的表现手法，都恰到了好处。

这组爱情诗从形式到内容都是一个整体。诗人将它们分开写成两首诗，这是艺术。但是如果只读其中的一首，会感到缺了点什么似的。现在把它们放在一起，增强了整体性和感染力。

2015 年 10 月写于苏州

（作者曾任苏州木渎中学高中语文教师）

飞来飞去比翼鸟

——喜读《胡永明爱情诗选》

王家泉

那天，听胡永明说起，有友人建议他把已经出版的两本诗集（《晚潮拍岸的声响》，文化艺术出版社出版；《阳光化作七彩虹》，作家出版社出版）中的爱情诗与没有放入诗集的爱情诗专门精选出来，合成一集为《胡永明爱情诗选》出版发行，以飨广大读者特别是青年读者。我觉得这个主意出得好！之所以好，是因为如今我们的社会是多么需要爱情、婚姻、家庭方面的正能量，而在胡永明的爱情诗中，就可以深切感受到满满的正能量！

建立在纯真感情基础上的爱情价值观，绝对是永恒不变的，是万古常青的。还是让我们来看看诗人胡永明所表达的他的爱情价值观吧。在《给亲爱的萍萍》中，诗人发自内心地唱道：

有的人对待爱情不专一，
有的人结婚离婚当儿戏。
喜新厌旧，水性杨花，
这种人一生也无真情意。

高山流水，知音最难觅；
天上人间，有情才有义。
愿我们相亲相爱永不分离，
愿爱情地久天长甜甜蜜蜜。

正是这样纯真的爱情观，一个勤劳踏实贤慧的姑娘，走进了白马王子的视野，终于成就了诗人伉俪的美满良缘。诗人在《诗赞爱妻》和《庆珍珠婚》中倾情颂扬了贤慧的妻子：

苹苹人小志气大，
品学兼优干部当，
能歌善舞多才艺，
助人为乐众夸奖。

自幼柔肩挑重担，
做饭洗衣一人扛，
照顾长辈尽孝心，

疼爱弟弟感上苍。

毕业留在军工企，
后改上海三菱厂，
财务当上会计师，
统计名震电梯行。

陪弟遇郎得佳缘，
夫妻恩爱如鸳鸯，
节俭购房兴家业，
帮助女儿圆梦想。

——《诗赞爱妻》

梅竹奇遇结良缘，
并蒂比翼三十载，
共苦同甘兴家业，
齐乐协为向未来。

——《庆珍珠婚》

从这些诗行中，我们可以感受到诗人胡永明在纯真朴实的爱情观下缔结的家庭，是一个不为世俗利禄所侵蚀的幸福之家，是一个令人羡慕的幸福港湾。这正反映了我们中华民族对爱情、婚姻、家庭方面优良传统的继承和发扬。而也正是有着这种纯爱，有着这种对纯爱的追求，我们从诗集中几乎与诗人同步感受了他们的初恋、他们的婚姻乃至他们的幸福生活。看，这是一幅多么令人“心儿乱跳”的《初恋》的情景:

来到你家后窗下，
开口欲叫，
心儿乱跳。
徘徊，
犹豫，
正月圆花俏。

转到你家边门前，
举手轻敲，
脸儿发烧。
欣喜，
羞涩，
入林间小道……

诗人在工作以后参加了七七年高考，他读大学期间，也正是与姑娘恋爱的时候，但是每年的绝大部分日子是与姑娘分开的。在叙述与女友离别的诗句中，诗人让我们感受到他的浓浓情意，他的无限恋念：

春江情脉脉，
南岭愁重重。
渡口两依依，
黄昏雨濛濛。

——《惜别》

遥知妹生日，
欲表多少情！
采花捧手上，
惆然踱前庭。

——《忧伤》

精选在本诗集中的爱情诗，还让我们看到了一幅幅新时期的一对飞来飞去的比翼鸟的动人形象。

当我们久别重逢，
明眸是那么传情。
满腹话还未相诉，
心灵已引起共鸣。

——《当我们久别重逢》

向着玫瑰色的晚霞，
走进火红的枫树林。
在这艳丽的自由王国，
迎接幸福的翩然降临。

——《我们手拉着手》

向着朝阳荡起双桨，
我们的前程闪着金光。
我们会到达理想的彼岸，
那是红日升起的地方。

——《向着朝阳荡起双桨》

因为有着纯真的爱情，因为有着美满的婚姻，所以诗人的家庭生活是幸福的。请看：

我们从相恋到结婚以来，
已经携手走过数十年，
一直像比翼鸟并蒂莲，
爱情花朵越开越鲜艳。

我们不论住在卫星城还是市区，
七片月季花瓣紧随身边。
它们见证我们爱情的忠诚，
见证我们生活的甘甜。

——《七片月季花瓣》

虽然说比翼鸟是一种传说中的鸟，但它们是人世间每一对爱侣百年好合的象征。“比翼双飞”是人们追求美满姻缘、幸福人生的最生动的写照。

愿我们的时代，有更多更多像诗人胡永明伉俪那样的比翼鸟，成千上万羽地飞翔在中华神圣的大地上，为实现伟大的中国梦而增色添彩！

2015年10月写于桂花飘香的申城

（作者是香港《中国文化市场》杂志总编辑）

读你千遍也不厌倦

——浅谈胡永明爱情诗的生活基础和艺术特点

舒爱萍

苏联作家尤里·留利柯夫在《爱的三角洲》中写道："爱情是人类整个感情世界中欲望最为强烈的一种情感，爱得越深，爱情在人类心灵中所占据的位置也就越大。"爱情在人类感情中处于显要位置、具有重要分量，而爱情诗能给予人们美的享受、情的陶冶、爱的启迪。在《给远方的至爱》问世之际，作为永明的妻子，我想谈谈永明爱情诗产生的生活基础，和永明爱情诗创作的艺术特点。

一、源于实感，写出真情

永明从小热爱诗歌，成年之前已学会写作格律诗，走的是一条从格律诗到古风诗再到自由诗的创作道路，并坚持诗歌创作与理论研究良性互动和创新推进。永明从来都是情之所至，诗之所成；不会无端写诗，无病呻吟。所以要理解永明的爱情诗，先要了解永明的爱情经历。永明和我是在巧遇中相识的，且以诗为媒。1975 年 4 月，永明因高烧不退住院，正好和我弟弟住进同一病房。那时，我每天去照顾、陪伴弟弟，有一天在读诗给弟弟听时，永明过来与我交谈，我们就这样相识了，并逐渐成了好朋友。永明于 1977 年高考录取后开始了大学的学习，同时与我恋爱，并在 1982 年大学毕业留校工作后与我登记结婚，但我们直到 1983 年举行婚礼后才一起生活。不久，永明又调到公安机关工作至今。从恋爱到结婚以来，我们经常聚少离多。因为我们各自的学校、单位相距几十公里，每天住在一起不方便；永明和我又经常出差，时而天各一方。我们虽然不能天天在一起，但一直很幸福，有时还有点浪漫。所以，永明所写的爱情诗都是歌颂美好爱情的，即使是写《爱情的滋味》《找对象》和《可别嫁给小心眼呀》等诗歌，也主要是通过各种方式来表达自己的爱情观。他没有写过苦情、失恋、离婚等诗歌，因为他没有这些经历和体验。

我们爱情史上的第一首情诗和情歌是《盼

望》。1978年初春，他第一次约我，在上海长风公园等我时写了那首诗并送给我，我即兴谱了曲，还经常唱给他听。

手中带露的山花，
何时插在你云鬓上？
眼前映霞的湖中，
何时荡起我们的桨？

远来的一个个姑娘，
已使我一次次失望！
欢快的一对对游客，
仍使我一回回遐想……

永明收进本诗集的最后一首情诗，是于2015年中秋节当晚写的《中秋偕妻拍月》。这首诗真实反映了当晚我们一起用各自的照相机和手机拍摄大月亮的情形，追昔抚今，并从夫妻团圆写到期盼祖国统一。

昔年相思望圆魄，
今夕依偎沐清辉。

趁着月近云飘离，
拍得婵娟话回归。

有真情方有真诗。明代戏曲家、文学家汤显祖在《耳伯麻姑游诗序》中写道：“情生诗歌”。清代诗人费锡璜在《汉诗总论》中写道：“诗主言情”。也就是说，感情既是诗歌产生的原因，也是诗歌表现的特色。纵观永明收入诗集的八十余首爱情诗，都是源于生活、高于生活的产物，灵感来自实感，作品充满真情。

二、既有情爱，也有大爱

永明一方面在公安工作中以自己的实际行动报国为民奉献爱，另一方面在文学创作中以自己的艺术才华歌颂弘扬真善美。永明创作的爱情诗，既有写自己情爱的诗，反映诗人的情感经历和心路历程等；也有写人间大爱的诗，表现相爱的人齐心协力报国为民等，都充满着正能量、正气场。

在书写自己情爱方面，永明于 1982 年我们登记结婚不久，在两人分别的日子里，写了《给远方的至爱》等诗歌。

你远在天涯，
就像明月挂在天际；
你在我心中，
就像明月映在水里。
我的祝福是清晨的鸟鸣，
为使你快乐千啭百啼；
我的召唤是黄昏的轻风，
留恋地牵起你的罗衣；
我的相思是不尽的流水，
长年缠绵在你的住地；
我的情爱是不落的太阳，
环绕着你永远不会偏离。

——《给远方的至爱》

在抒发人间大爱方面，永明写了《警察心声》《警嫂心声》等诗歌，其中这组诗在展现夫妻情深的同时，表现出警察夫妇报效祖国和人民的崇高情怀。

娶妻子，恋妻子，
心愿常守相聚少。

有你理解和支持，
执法热情高。

爱妻子，夸妻子，
事业有成家业好。
别太辛苦甭牵挂，
身体最重要。

——《警察心声》

爱警察，嫁警察，
聚少离多我不怕。
敬老抚幼有我呐，
安心工作吧。

想警察，助警察，
做好事业顾好家。
捷报传来高兴啊，
注意安全呀。

——《警嫂心声》

诗的内容有小我和大我之分，在表现感情上就有小情和大爱之别。我国近代享誉国际的著名学者王国维在《人间词话》中指出：“词以境界为最上。有境界则自成高格，自有名句。”诗词同理。永明的思想境界和艺术境界是比较高的，创作的诗歌都是有魂的。反映在爱情及其诗歌上，情爱和大爱是交融的。正如现代诗人闻捷在《告诉我》中所写的“我永远地忠实于你，像永远忠实于祖国一样”。就上述例诗来说，《给远方的至爱》虽然是写自己情爱的爱情诗，但是所有的情侣读了也都会深受感染、产生共鸣的；《警察心声》《警嫂心声》虽然有写人间大爱的普遍性内容，但其实也是我们自己真实情况的写照。

三、想象丰富，形象生动

永明走上文学之路，有着得天独厚的条件和基础。他出生于作家家庭，从幼儿园到大学接受了良好的“诗教”，少年时代起就积极参加上海市闵行区图书馆文学创作组的活动，青年时期又连续参加了由湖南省作家协会举办的新创作刊授文学院和诗刊社举办的全国青年诗歌刊授学院各为期一年的诗歌创作培训。永明在长期的诗歌创作实践和理论研究过程中，逐步形成了自己对于诗歌的较为系统的看法，并编写了《诗歌艺术》，作为上海辞书出版社出版的《诗歌创作手册》的重要组成部分。永明认为，创作诗歌应当做到现实主义与浪漫主义相结合，以现实主义为基础，以浪漫主义为特色，并以形象为主、意象为辅来表现。而浪漫主义的主要特点就是注重使用想象、夸张、对比等手法表达思想感情，追求自由奔放。永明的想象力是很强的，经常有奇思妙想通过各种形象表现出来。

牵牛花本是一种很普通的花，永明却移情寄意于它，写了《牵牛花的心曲——爱情永固》，把他的爱、他的情表现得非常形象生动。

每当我告别你离开家，
我的情爱便化作形形色色的牵牛花，
在我们的住地和你经过的沿途，
向着太阳——你的微笑盛开竞发。

你看，花的色彩多绚丽呀，

那是我在向你展示忠诚无价；
你闻，花的芬芳多淡雅呀，
那是我在向你吐露思念情话……

那瓣儿展开的花朵，
是我撑起的“雷达”，
黄的接收你的平安健康，
红的发射你的快乐荣华。

那冠儿圆拢的花朵，
是我吹起的“喇叭”，
白的赞美你的纯洁无瑕，
紫的歌唱你的贤惠可嘉。

那蔓儿缠绕着枝丫，
是我们恩爱得浪漫潇洒，
我们的精神永远亲密无间，
哪怕你我远在海角天涯。

永明在我们举行婚礼之前，根据我们自由恋爱的经历，写了《一见钟情》，其中颔联、颈联是这样写的：

对诗巧露鸳鸯意，
通信直说郎女心。
柳下握别云落泪，
山间笑语水弹琴。

德国最伟大的哲学家之一黑格尔在《美学》中写道：“诗所特有的因素是创造的想象，而创造的想象对于每一种美的创造都是必要的，不管那种美属于哪一个类型。”现代诗人艾青在《诗论》中写道：“写诗有什么秘诀呢？——用正直而天真的眼看着世界，把你所理解的，所感觉的，用朴素的形象的语言表达出来。不这样将永远写不出好诗来。”永明认为，形象是创造诗歌意境的主要元素，而想象是实现从现实形象到艺术形象飞跃的重要方法。因此，写诗的过程，就是从客观世界及其主观感受激发的灵感出发，运用丰富的想象，获得一系列有关的艺术形象，并用精巧乐美的语言文字表情达意的过程。永明也是这样身体力行的。从《牵牛花的心曲——爱情永固》和《一见钟情》等诗歌中，我们都可以看出永明的爱情诗具有想象丰富、形象生动的特点。

四、古为今用，洋为中用

对永明来说，持续受益最大的，还是从小打下了语法、修辞、逻辑和哲学等方面的坚实基础，并阅读了大量古今中外的文学作品。在诗歌创作中，永明根据毛泽东提出、习近平倡导的“古为今用，洋为中用”的思想，针对当前存在的“仿古”“媚洋”等问题，提出、践行并倡导“古为今用时代化，洋为中用本土化”的理念。

1982 年春，永明根据我国古代关于牛郎织女的传说，发挥想象，写了《雨后》，使传说的故事有了出人意料的圆满结局，借以表达他对全天下有情人都能终成眷属的良好祝愿。

我想那王母挥出的一河波浪，
已在春雷声中倾入长江；
我想那雨后明丽的蓝天上，
牛郎织女正悲喜异常；
我想那轻盈的流霞，
定是前去祝福的六位仙娘；
我想那神奇的彩虹，
定然通向他们富丽的天堂。

记得在我们登记结婚的前夕，永明邀我去踏春，并根据当时的情形，引用匈牙利著名诗人裴多菲的诗句“我们无须等候死亡，我们要活着飞上天堂”，写了《让我们到野外去游玩》。该诗写得很轻快、很优美，也是永明自己非常喜欢的一首诗。

我美丽的姑娘，
快穿上活泼的春装，
在这晴朗的周末，
让我们到野外去游玩。

小鸟哲哲地鸣叫，
那是在向我们召唤；
鲜花悄悄地开放，
那是在把春天打扮。

我要编只最美的花冠，
给花的皇后戴上；
我要唱曲最美的歌儿，
把百鸟请来作伴。

让我们的生活比牡丹花更美，
让我们插上金凤凰的翅膀，
“我们无须等候死亡，
我们要活着飞上天堂！”

《雨后》侧重于“古为今用时代化”，《让我们到野外去游玩》侧重于“洋为中用本土化”。但是传承、借鉴和创新并非截然分开的，永明的诗歌往往同时体现了“古为今用时代化，洋为中用本土化”。清代散文家姚鼐在《题怀宁江七峰诗卷》中写道：“学古人在得其神理，不可袭其面目。”鲁迅在《关于知识阶级》中写道：“虽是西洋文明罢，我们能吸收时，就是西洋文明也变成我们自己的了。”毛泽东在延安文艺座谈会上的讲话中指出：“对于中国和外国过去时代所遗留下来的丰富的文学艺术遗产和优良的文学艺术传统，我们是要继承的，但是目的仍然是为了人民大众。”习近平在文艺工作座谈会上的讲话中指出：“传承中华文化，绝不是简单复古，也不是盲目排外，而是古为今用、洋为中用，辩证取舍、推陈出新，摒弃消极因素，继承积极思想，‘以古人之规矩，开自己之生面’，实现中华文化的创造性转化和创新性发展。”也就是说，要传承古代优秀文化，借鉴外国优良文化，关键是要取其精华、创新发展，坚持以人民为中心的创作导向，创作出思想精深、艺术精湛的文艺作品，更好地发挥文艺塑造美好心灵、陶冶道德情操、引领社会风尚的作用。永明是这样想的，也是这样做的。

五、文字优美，韵律和谐

永明创作的诗歌遗失了不少，其中最觉可惜的是小学期间写的得到老师充分肯定的红色诗歌、中学刚毕业在“五七干校”锻炼期间写的《金训华之歌》和恋爱阶段写的《翡翠镯子》等几首诗歌的不知去向。从至今保存下来的资料来看，永明最早是从1978年开始写爱情诗的。截止2015年，永明的爱情诗大体可以分为三个方面：一是用自由诗、新风诗等形式所写的自己的爱情诗；二是赠给妻子的诗与写妻子、孩子、自己和家庭的诗；三是其他的爱情诗。永明创作爱情诗，不论是自由诗还是新风诗，不论是抒情诗还是叙事诗，都在文字上力求做到通俗不艰涩、优美不粗劣、凝练不臃散；在韵律上力求通过押韵、平仄、节奏等要素增强音乐美。

在我们谈婚论嫁之时，永明写了抒情爱情诗《我真幸福》，对我作了赞美，幸福之感、快乐之情溢于言表。

我真幸福，
我美丽的姑娘，
我爱春花的娇美，
那娇美就在你的笑靥上。

我真幸福，
我热情的姑娘，
我爱夏日的炽热，
那炽热就在你的赤唇上。

我真幸福，
我温柔的姑娘，
我爱秋月的柔光，
那柔光就在你的明眸上。

我真幸福，
我忠贞的姑娘，
我爱冬雪的纯洁，
那纯洁就在你的心灵上。

2015年元宵节，永明写了叙事爱情诗《我的宝贝“小鸭子”》。诗中写的内容包括两次滑倒的地点、情形等，都是真实情况。我看了非常感动，不禁热泪盈眶。“执子之手，与子偕老”，永明不仅在情诗里更是在生活中做到了。

爱妻美尼尔症已基本痊愈，
但她前庭器功能仍然不好，
走起路来看似还稳健，
一不小心就摔跤。

晴天在火车站续点茶水，
雨天到小饭店参加社交，
地上有点凉水雨水，
她都脚底打滑猛然跌倒。

“啪”的一声，

使我心惊肉跳，
她虽然没有摔伤筋骨，
我已心疼难熬。

她白发增多身体欠佳，
还硬撑着操持全家的温饱，
常常买菜购物拎着重包，
我在外工作帮不到她更加心焦。

我觉得鸭子走起路来摇摆可爱，
就送了她一个“小鸭子”的雅号，
回到家喜欢叫着宝贝“小鸭子”，
把她揽入自己的怀抱。

真想时刻陪伴着她，
牵着她的手当她的保镖，
还要为她买几双防滑鞋，
让“不倒妹”迈步阳光大道。

《我真幸福》和《我的宝贝“小鸭子”》文字是通俗的、优美的、规范的，并且都是一韵到底的。其中《我真幸福》共四段，每段四句，句式相同，音乐性强。一是在押韵上每段偶句都是“娘”“上”，反复出现四次，形成了音乐回环的效果；二是每段各句音节相同，也反复出现四次，形成了强烈的节奏感；三是全诗采用了排比、反复等修辞方法，既起到了紧凑结构、突出主题、强化语势的作用，又使韵律更加优美。而《我的宝贝“小鸭子”》写得比较活，表情达意很贴切。唐代诗圣杜甫说：“语不惊人死不休。”永明写诗并不刻意追求令人拍案叫绝的效果，有时甚至故意写成“分行体日记”式的诗，还说诗人要走出“象牙塔”，诗歌要“大众化”，但是，永明最为看重的是：用真情写诗，以真情感人。

诗歌真是人世间最美妙的东西。永明和我的爱情乃至人生都深受诗歌的影响。就永明和我的相识来说，我们同在一个病房好多天，却互不认识，那天，我坐在小弟的床头，读着长诗《草原英雄小姐妹》给他听，不料，从小爱诗的永明对我产生了兴趣，主动走过来与我交谈，结果发现互相之间有着许多相同相通之处，比如我们都爱好文学等等。就这样，诗为媒，我们有缘相识了，并进而交友、初恋、热恋、结婚。如果那时擦肩而过，我们没有这段姻缘，两人的整个人生都会发生很大的改变，他和我也就都不会成为现在这样的他和我了。我们这段经历虽然纯属巧合，但诗歌对人们学业、事业、家业的重要影响作用真是不容忽视和轻视的。

由音乐大师梁弘志作词、作曲的歌曲《读你》中有句歌词“读你千遍也不厌倦”，很经典。情侣之间我对你、你对我，都应该过去是、现在是、将来永远是“读你千遍也不厌倦”的。而由爱情所产生的爱情诗，同样也是百读不厌的。真正的爱情是永恒的，经典的爱情诗是不朽的。只要人类还有爱情，就会需要诗性表达。古代《诗经》中的“一日不见，如三岁兮”，当代著名诗人舒婷《致橡树》中的“这才是伟大的爱情，／坚贞就在这里：／不仅爱你伟岸的身躯，／也爱你坚持的位置，足下的土地”等爱情诗及其名句，都一直流传着，无论何时读来皆会令人深感爱情的美好和爱情诗的魅力。永明的爱情诗是在爱的旅程中产生的，是情爱和大爱的诗意升华，展现的都是真情实感，奉献的都是爱的乐章。俄国哲学家、文学评论家别林斯基在《智慧的痛苦》中写道：“诗人用形象来思考；他不证明真理，却显示真理。”愿永明的爱情诗用形象所揭示的爱的真谛能给人们以珍惜爱的启迪，用真情所展示的爱的伟大能给人们以追求爱的鼓舞。

2015 年 10 月于上海

（作者是作家、诗人，学者胡永明妻子，闵行作家协会会员）

随笔

我与"父子作家"的情谊

刘希涛

A

2015年4月19日，一个桃花灼灼、李花纷纷的日子，在上海市作协新会员的一次聚会上，我认识了胡永明和他的妻子舒爱萍。

胡永明，中等个头，精壮身材，英俊脸庞，剪一头齐刷刷的短发，显得青春干练和富有朝气。他捧着三本书送来，恭敬地请我指教。

我随手翻开其中一本胡永明诗选《晚潮拍岸的声响》，先看序言标题《儒雅的战士，佩剑的诗人》，作者胡宝华。

"胡宝华，可是当年上海电机厂的工人作家胡宝华？写《毛丫头大战"霹雳火"》的胡宝华？"

我急切地指着胡宝华的名字发问。

"是的，是的，他是我父亲。"

胡永明爽朗的回答，仿佛一根神奇的魔棒，一下子敲响了我记忆深处的那根琴弦……

B

萌芽丛书《龙腾虎跃》
胡宝华 著

那是上世纪的五十年代，我还是个中学生，因爱好文学，订了一本《萌芽》杂志，开卷一篇登的是小说，标题上下通栏，雕梁画栋一般十分醒目：《毛丫头大战“霹雳火”》——犹如电流跳上钨丝，我的眼前“刷”地亮堂起来……

小说写的是一家电机厂里的气割班，班内有个以“毛丫头”出名的女艺徒张小芳，一心想在本职岗位上建功立业，在她师傅陶春林的帮助下，敢于和“优胜红旗”得主、虎背熊腰、“讲话就像冲天炮一样”、人送绰号“霹雳火”的李阿大下战表。正是“黄毛丫头把战挑，激得老将胡子翘”……就这样，毛丫头智激“霹雳火”，“霹雳火”巧布连环阵，毛丫头创造多层割，斗智斗勇，峰回路转……最终“霹雳火”在张小芳面前甘拜下风，毛丫头夺得“优胜红旗”。

小说不长，采用的是章回体，一气可读完，

毛丫头和“霹雳火”这两个鲜活的人物形象，深深地印在了读者的心上。

这之后，我又在《上海文学》上，读到了胡宝华的姊妹篇《毛丫头巧献锦囊计》等篇章。让我深切地感受到，文学创作离不开火热的生活，只有身入其中，亲历其境；静观默察，烂熟于心，才有可能写出有血有肉、鲜活灵动的作品来。

就这样，胡宝华成了我心中的偶像……

于是，我怀着当诗人、当作家的梦想，咬破手指写血书（因十七岁不到入伍年龄），投笔从戎去当兵，走上了守卫祖国海疆的前哨阵地……

C

在部队期间，我时时留心，处处做有心人，无论走到哪里，口袋里总装着一个小本本，一面搜集素材，一面创作。有时在夜阑人静的蚊帐里思如泉涌，我便在黑暗中挥笔，往往字和字罗汉似的叠在了一起……就这样，我在《解放日报》《福建日报》《厦门日报》和其他报刊上发表了上百首枪杆诗、墙头诗、战士诗，鼓舞了士气，受到了部队的嘉奖，戴上了“战士诗人”的桂冠。

在这些战士诗中，有不少是刻画人物的短章，如《军民花》中的嫂子和战士，就有当年那个“毛丫头”和“霹雳火”的影子。请看《军民花》：“嫂子探亲到前沿，／正巧战士练投弹，／班长碰了下投弹手：／‘快陪人家去聊聊天！’／／投弹手，把弹掂，／头一扬，闪一边：／‘请，女民兵排长，／看看咱俩谁领先！’／／女排长，跳向前，／连连飞弹赛春燕；／投弹手，劲猛添，／左右开弓像闪电。／／战士齐鼓掌，／班长大声赞：／‘女排长得的是优秀，／战士突破纪录领了先！’／／战士民兵相对笑，／两朵鲜花红艳艳——／开在祖国门楣上，／开在千里边防线……”（原载 1964 年 3 月 3 日《厦门日报》）

D

1965 年春天，我从部队回到地方，分配在沪上一家影院当宣传员（属干部编制）。这年的秋天，我在一家新华书店买到心仪的“萌芽丛书”《龙腾虎跃》（胡宝华著），书中收集了《毛丫头大战“霹雳火”》等九篇小说，让我如获至宝。

我读着胡宝华的书，心里在想，能做他的徒弟多好！可上海电机厂在闵行(我住大杨浦)，路途遥远（当时还不知地铁为何物）……倒是上钢二厂离家近，工人作家胡万春就在这家钢厂。巧的是我一位邻居和他熟（当时胡万春住在控江路一条街上），便带着我去他家串门，听“老宁波‘嘎讪胡’”……一次巧遇上钢二厂党委领导朱尔沛(后任宝钢总厂党委书记)，便向他提出想当工人的愿望。朱书记以为我在开玩笑，可我硬是“吃了秤砣铁了心”，像“毛丫头”那样，咬定目标不松口，终于如愿以偿，自愿放弃干部编制当上了一名钢铁工人。

我在火热的车间工作、生活了十年。在化铁炉的火光中感受，在轧钢机的轰鸣声中思索，我把诗的触角伸向了钢厂的角角落落——我以炽热的情思、多彩的笔调，为钢铁工人抒写了一首首赞歌，在《人民日报》《工人日报》《解放日报》和《诗刊》等全国上百种报刊上发表了近五百首“钢铁诗”，被工人师傅亲切地称作“钢铁诗人”。1985 年，我加入了上海市作家协会（后又加入了中国作家协会），还被会员们选为诗歌组组长。

在我写的“钢铁诗”中，不乏“毛丫头”和“霹雳火”的身影。如《火凤凰》（原载1981年6月30日《人民日报》）、《“和尚”工段来了个小妞》（原载1980年第5期《河北文学》）……而《擒“龙”姑娘》（原载1979年1月11日《文汇报》）更是一位活脱脱的钢厂“毛丫头”。

请看《擒“龙”姑娘》：“穿上新工装，/登上操纵台！/排排电珠直眨眼，/又是惊奇又是猜：/‘姑娘来干这一行，/可知火龙脾气怪？/怎经得——/烟熏热浪筛？’//果然，烟厉害，/缠住姑娘不散开；/果然，火厉害，/卷着热浪扑上来！/操纵台呵，/活像太上老君八卦炉，/顷刻烤红——/姑娘的两瓣腮……//任凭高温扯衣角，/任凭火舌舔膝盖！/姑娘踏住火龙背，/任凭踢打任凭摔！/日受千束青烟熏，/夜经万股气浪拍……/姑娘擒‘龙’越钢山，/乐得轧机齐喝彩！//排排电钮睁大眼，/又是信服又崇拜；/任凭姑娘巧手拨，/日夜辉映操纵台！”

E

上世纪五六十年代，以反映上海工人生活为题材的文学作品，如雨后春笋，蓬勃发展，造就了一大批有才华的工人作家。他们的崛起和辉煌，在当代文学史上留下了灿烂的一页。

深入生活、扎根人民，坚持以人民为中心的创作导向，创作出无愧于时代的优秀作品。工人作家胡万春、胡宝华等人为我们作出了榜样。

胡万春已谢世，胡宝华健在。我给永明打电话，相约父亲节这天去拜望他。

这是个清风在梧桐树梢唱着歌谣的日子，我和夫人带着儿子，在永明和他妻子舒爱萍的陪同下，来到了位于七莘路上的闵行区社会福利院。这儿交通便利，环境优雅。胡宝华先生入住后，得到了很好的照顾。院方知道他是位老作家，专门安排了书桌和房间，为他看书写作提供方便。于是，胡宝华便将这个书房命名为“夕爱斋”。

老人知道我们要来，特地换了一件洁白的短袖衬衫，雪白的头发纹丝不乱地梳向脑后，脸色红润，笑声爽朗地在“夕爱斋”会客厅接待了我们，他那双温暖的手，让我感到他的力量。

（前排从左至右）张泉英、胡宝华、刘希涛；
（后排）舒爱萍、胡永明、刘挺。

话匣子是从他的身世打开的。

老人1932年生于上海，五岁时因淞沪抗战爆发回到祖籍浙江宁海，在家乡念了五年书，十三岁抗日战争胜利后到上海当学徒。他从鸡叫做到鬼叫，无端还受老板的打骂，心中有气无从诉说，就暗地写点日记，没想到给老板发现了，被扫地出了门……

他一直熬到解放，翻身做了国家的主人，看着工友们不断突破定额创造新记录，就想用笔写出来："我是从写黑板报起步的……起初，不懂什么叫构思、剪裁和艺术加工……八小时以外，拼命看书，四出寻师访友……以后，参加了写作学习班，学习了毛主席《在延安文艺座谈会上的讲话》，这才懂得了写作离不开生活，同时也需要技巧。”老人悟出的写作真谛是：“写自己熟悉的生活熟悉的人，不要胡编乱造；要概括出典型事件、典型人物来写，不要刻板白描；初学写作，先努力写好一两个人，人物多了，难以把握。”

老人把积累生活和写作比喻为吊桶打水。他说：“水是第一性的，要想喝水，就得把吊桶放下去，然后打上来。生活就像井里的水是第一性的，是一切文学艺术取之不尽、用之不竭的源泉，而深入第一线，不脱离生产劳动，就是不断地打水……不肯放下吊桶，不肯放下架子，只想蜻蜓点水，走马看花……这样写出来的作品是没有生命力的，就像当下那些胡编乱造的东西一样，喧闹一时，也就无声无息了。”

F

老人告诉我，他的第一篇小说《九十六条飞龙》，是根据工人研制成功多头钻的革新，加以提炼改造写出来的，没想到竟成了《萌芽》

当期的首篇。受此鼓舞，他写作热情高涨，又连续在《萌芽》和《上海文学》上发表了《毛丫头大战“霹雳火”》《毛丫头巧献锦囊计》和《神仙爷》等短篇小说，其中《神仙爷》还被印成了单行本。1959 年，他加入了上海市作家协会，1965 年参加了“全国青年业余作者代表大会”……

可是，说到这儿，老人的声音低沉下来。

不久，“文化大革命”开始了，他成了周扬文艺黑线上的一只黑瓜，厂里大字报铺天盖地……“好在我出身比较好，当了一辈子的工人，我也不是什么权威，虚惊了一场。”

老人重重地叹了一口气，音调随之昂扬起来，他说：“综观我一生的文学生涯，有过几次‘不虞之誉’，也有过几次‘无妄之灾’，只是誉也不大，灾也不重。仔细想来，这一切都是自取的。因为，偶得‘不虞之誉’之前，也有我的努力；而‘无妄之灾’本是‘不虞之誉’的后续，这正应了老子的话，‘福兮祸所伏，祸兮福所倚’……”

老人一生没有离开过工作岗位，退休前，写作是在业余时间进行的。退休后，他对《红楼梦》作了深入研究，写出了不少振聋发聩的文章。老人从桌上拿起一叠剪报送到我手上，都是发表在《文学报》“新批评”上的“争鸣”文章，如刊在 2011 年 12 月 1 日上的《与周汝昌先生商榷》、刊在 2011 年 6 月 2 日上的《〈刘心武续红楼梦〉的几个问题》、刊在 2012 年 5 月 24 日上的《俞平伯否定〈红楼梦〉后四十回是武断片面的》等等。前不久，他的新作《解味红楼梦》一书，已上了华语文学网。

我见这些大块文章署名均为：“石磊”，不知何意。老人说：“《红楼梦》原名《石头记》，讲述一块无缘补天的顽石到人间游历的故事……磊与‘泪’谐音。石磊，就是弃而不用的那块石头流落人间、通过‘悲金悼玉’控诉封建社会所洒之泪，是以引作笔名。”呵，原来如此。

纪念曹雪芹，研究《红楼梦》，不仅是缅怀先人，颂扬经典，更是为了树立民族文化自信，为今之文学乃至当代文明的发展提供源源不竭的支持和动力。

这些年来，受市场经济的影响，文化界出现了追名逐利、哗众取宠、任意抹黑中华传统文化和优秀古典作品的情况，老人认为，一个有责任心、事业心的作家不能昧着良心跟着起哄，说真话，干实事，是作家的本分，也是做人的本分。

G

握别了宝华先生，我依然沉浸在和他促膝交谈的氛围之中……

很快，他托永明送来了题词“涛声依旧”和写给我的信，感谢我挑了个好日子，全家来探望，使他终生难忘。信中，他谈了对当今诗歌的看法。他说：“当下诗坛存在的最大问题，是被推介的诗多是没能量的，更说不上什么正能量。专家们所津津乐道的是广大读者看不懂或不愿看

涛声依旧——希涛诗永远正能量
胡宝华 书

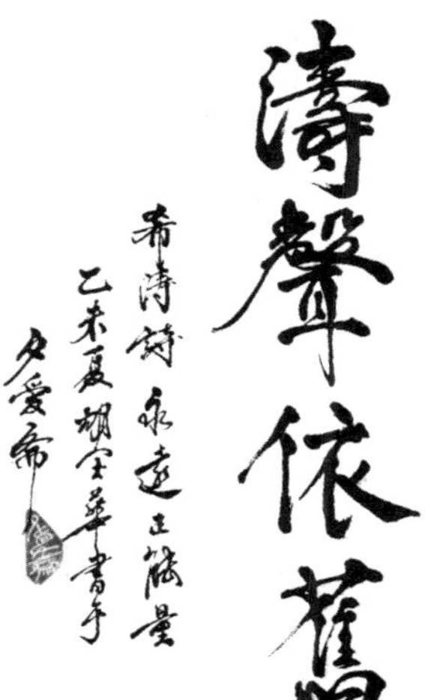

的……诗言志，诗言情，是自《诗经》以来的民族精髓，不说正能量，正能量也就在其中了……”

承宝华先生热情鼓励，那天谈话中，表达他喜欢我的诗，喜欢读我那些“一有生活，二有激情”明快有诗意的诗，希望今后我能指导永明的诗歌创作，我更关注永明的创作情况。

胡永明三本著作

永明送了我三本书，除那本《晚潮拍岸的声响》，还有《阳光化作七彩虹》和《诗歌创作手册》（另一本《胡永明爱情诗选》也即将问世）。我读了《诗歌创作手册》，获益匪浅，认为这是一本指导人们学习写诗的优秀读物，是一座通往诗歌王国的桥梁。作者创编了一本可以全面了解诗歌艺术、又有一定实用价值的综合性工具书。该书在当下众多书籍中，可谓别开生面：全面系统，简明扼要，实用性强。作者别具匠心地把理论概述结合诗选实例，皆为方便读者理解、参考、模仿而服务。至于第二编《通用规范汉字诗声韵》，其中倾注着作者开拓创新的心血，更是实用的宝典。

我因忙于为诗友、文友们出书（担任文汇出版社《出海口》诗文库主编，已出书160余册），并没有仔细完整地读完永明的那两本诗集，只是浏览和选读了部分作品。

1957年出生的永明，系上海体育学院教育学学士、复旦大学法律硕士，长期从事社会学等方面的理论研究（发表论文38篇次、获奖13次），撰写了大量调研报告，现为上海市公安局农场分局政委、三级警监，上海市作家协会会员、中国诗歌学会会员、中华诗词学会会员。

一个写理论文章的人，一个长期从事公安工作的人，能写诗吗？

在人们的心目中，诗人不是性格张扬、天马行空、狂放不羁，就是卿卿我我、情调浓浓、故作多情……中国新诗奠基人郭沫若在写长诗《地球啊，我的母亲》的时候，不是满地打滚，滚得像个泥猴吗……还有那个“诗痴”贾岛，那个卧轨的海子……

一个从警三十多年，为人低调，不事张扬，

“一笔一划做人”的人；一个对人“相敬如宾”，做事严谨、一丝不苟的人，能成为诗人吗？

H

让我们先来读一首《给远方的至爱》吧：“你远在天涯，／就像明月挂在天际；／你在我心中，／就像明月映在水里。／我的祝福是清晨的鸟鸣，／为使你快乐千啭百啼；／我的召唤是黄昏的轻风，／留恋地牵起你的罗衣；／我的相思是不尽的流水，／长年缠绵在你的住地；／我的情爱是不落的太阳，／环绕着你永远不会偏离。”

读这样的诗，让我想起古诗中的“青青河边草，郁郁园中柳”“所谓伊人，在水一方”……想起了那些温柔缠绵、委婉曲折的诗章，想起了那些思念情切、意犹未尽的诗句……

再读一首《雨后》：“我想那王母挥出的一河波浪，／已在春雷声中倾入长江；／我想那雨后明丽的蓝天上，／牛郎织女正悲喜异常；／我想那轻盈的流霞，／定是前去祝福的六位仙娘；／我想那神奇的彩虹，／定然通向他们富丽的天堂。”

这想象是奇特的，画面是宏阔的……这儿，

有一颗柔软善良的心，一颗诗人之心。

细腻地描述爱情，倾诉着他的甜蜜与忧伤，都能让人感受到诗人心灵的颤动……

诗言志，歌传情，诗与情本是一对孪生姐妹。没有激情就没有诗，没有想象就没有诗，没有意境，诗就不成其为诗。无论是写爱情、写山水亦或咏物言志，都在笔端饱蘸激情……这是我读永明的诗后留下的印象。

“永明自幼好学，酷爱文武之道。一生文以武随，武以文随，从学生时代到职业生涯，一以贯之。他为人正直，爱憎分明。反映在诗行上，无雾起霾升之朦胧，无造作伪饰之酸涩，犹如在朗朗晴日之下，见真山，显活水，出真情。文如其人也。”这是胡宝华先生在《晚潮拍岸的声响》序言《儒雅的战士，佩剑的诗人》中的一段话。

“我和永明相爱缘于诗。我们爱诗，使爱情充满了诗意。”这是永明爱人舒爱萍在诗集代序中的一段文字。不难看出，永明诗集中的不少篇章是写给她的。

情真意切，不设语言迷宫，不玩思维魔方。读永明的诗，如饮一杯绿茶，养神益心，回味津津。

我这才意识到，原来写理论文章的人，也可以写诗，而且能写出不错的诗。

胡永明，这个表面上沉静如铁的人，内心里却有激情在燃烧，有诗意在流淌……

显然，他那诗的笔触，触动了我内心蛰伏多年的期盼，在这种物欲扭曲人心的时代，遇见一个沉稳的人，一个虔诚爱诗的人，一个真诚学诗的人，是多么不易啊！

I

上海有“母女作家”（茹志鹃、王安忆）、“父女作家”（管新生、管燕草），也有“父子作家”（胡宝华、胡永明，一个写小说，一个写诗）……当然，还有更多的“两代作家”“三代作家”……

我坚信，薪火传承，生生不息，“深入生活，扎根人民”的精神灯火永不熄灭……

此时，我分明看到文学的一片茂林，在老树的身边，新干正茁壮成长！

宝华先生这棵树虽老，并无丑枝；儿子诗歌的果枝上，已开满花朵，相信不久的将来，一定会结出硕大甜美之果。

写作的意义，就是给当今、给未来、给我们的子孙后代，留下一笔精神财富。毕生用文字深呼吸的人，真正凭作品说话的人，才能永恒。

2015 年 10 月 21 日“重阳节”初稿于“涛声斋”

（作者是中国作家协会会员、上海市作家协会诗歌组组长、文汇出版社《出海口》诗文库主编、《上海诗书画》主编、上海博达文学社社长，有“钢铁诗人”称号）

依旧深情听涛声

沈世坤

“涛声依旧”的刘希涛老师是著名的“钢铁诗人”，是工人作家的优秀代表。他总是和着时代的节拍用诗歌讴歌祖国、讴歌人民。读他的诗歌，你会觉得“咱们工人有力量”，你会热血沸腾，内心充满感动和力量。他是真正有“横眉冷对千夫指，俯首甘为孺子牛”情怀的诗人，他又是一个至情至性之人，对待朋友真挚热情、以心换心，赢得了朋友们的交口称赞。

收到希涛老师写的长长的纪实文稿《我与“父子作家”的情谊》有几天了。我在忙碌的工作与生活里会念念想起，想起文章里流露的真挚的情怀，特别感动希涛老师和“父子作家”惺惺相惜彼此珍重的人文情怀。

希涛老师文章里提到的“父子作家”，是老作家——上海市作家协会会员胡宝华先生，和他的儿子——同为上海市作家协会会员的胡永明先生。胡永明先生，我见过一次，是在一次文友的聚会上，他和夫人舒爱萍女士成双出现，让作家们感叹“只羡鸳鸯不羡仙”也。永明先生儒雅谦和，如果不说他在公安系统工作，我还以为他是大学教师呢。他把他编著的《诗歌创作手册》寄赠于我，书中对诗歌形式、诗歌类型、诗歌要素、诗歌修辞、诗歌技巧等都有精到的总结和分析，我看了很是受益。这本书里更难能可贵的是永明先生以劳其筋骨、饿其体肤的精神创编了《通用规范汉字诗声韵》，对我们诗歌创作提供了珍贵的参照。在永明先生身上集中体现了“文韬武略”的情怀，让我感喟不已。

从希涛老师的文章里，我才知道如此有文艺情怀的永明先生原来是有家学渊源的。

希涛老师我是熟悉的，他是中国作家协会会员，曾任上海市作家协会诗歌组组长，是著名的“钢铁诗人”，一生挚爱文学。现在，他老骥伏枥志在千里，不仅自己创编了报纸《上海诗书画》，而且主持出版《出海口》诗文库，为广大文学爱好者提供平台，圆文学之梦，是许多新老作家的良师益友。他和许多新老作家都是朋友，如中国作家协会副主席叶辛先生、著名老诗人李瑛先生、上海文联原党组书记李伦新先生……他们都儒雅谦和，是我们年轻作家的榜样。希涛老师很有军人风范，嗓音洪亮中气很足，说话干脆利落热情真挚，每次听他讲话都会受到鼓舞，“壮志在我胸”的豪迈也会不停涌起。

在这篇长文中，希涛老师写道，他当年去当兵时是“咬破手指写血书”而投笔从戎的，当年他只有十七岁，这真是“自古英雄出少年”。他到了部队不仅站岗放哨保家卫国，还拿起笔以诗歌的形式抒发自己的激情，写下了大量的优秀诗作。退伍后，他主动放弃干部编制而到钢厂下基层十年，从而用生活把自己铸就成一位“钢铁诗人”。这都是让人感佩的。人活一生总会面临许多选择，但总有一些人如诗人弗罗斯特那样选择《未选择的路》。希涛老师就是如此的典范。

希涛老师又何以有如此文学情怀？看了这

篇长文也才知道胡宝华老师还是他文学路上的引路人之一。当年希涛老师还是中学生时，因为订阅《萌芽》读到了胡宝华老师的小说《毛丫头大战“霹雳火”》，一下子擦亮了他青春的心灵，接着又在《上海文学》读到了胡宝华先生的《毛丫头巧献锦囊计》。就这样，胡宝华先生成为了当时年轻的希涛老师的偶像。于是，希涛老师的作家情怀也一点一点加强，直至后来，他的才情与激情如泉水汩汩而出。

通过这篇文章，我也才知道胡宝华老师就“隐藏”在闵行区社会福利院的“夕爱斋”。正因为有一次与胡永明先生相识于文友的聚会上，希涛老师才得以在父亲节那一天，和胡宝华老师两家人相聚在“夕爱斋”。在上海这个巨大的东方工业城市，希涛老师能够和他少年时的作家偶像相聚在闵行，他们激动的心情可想而知，也才有了一次长久而深沉的文学对话。他们都是工人作家的优秀代表。看到胡宝华老师回忆他的文学岁月，看到他晚年依然“老牛自知夕阳短，不用扬鞭自奋蹄”，真的让我们感慨太多。

再来看看永明先生的诗歌，如此温婉细腻

缠绵，真的让我很意外。胡宝华先生赞其为“儒雅的战士，佩剑的诗人”，真的是“举贤不避亲”也。永明先生是上海市公安局农场分局政委，工作忙碌，还撰写发表论文三十八篇次，获得奖项十三次，同时又是中国诗歌学会会员、中华诗词学会会员、上海市作家协会会员，著有诗集《晚潮拍岸的声响》和《阳光化作七彩虹》。希涛老师推荐了他的这首《给远方的至爱》：“你远在天涯，／就像明月挂在天际；／你在我心中，／就像明月映在水里。／我的祝福是清晨的鸟鸣，／为使你快乐千啭百啼；／我的召唤是黄昏的轻风，／留恋地牵起你的罗衣；／我的相思是不尽的流水，／长年缠绵在你的住地；／我的情爱是不落的太阳，／环绕着你永远不会偏离。”这首深情的抒情诗引起了希涛老师的共鸣，让他涌起了古典的情思，让他想起了“青青河边草，郁郁园中柳”“所谓伊人，在水一方”……想起了那些思念情切、意犹未尽的诗句。永明先生的诗句，希涛老师的吟赏，都让我深深沉浸与感动，艺术作品，感人心者，先乎情也。

我也看到了胡宝华老师赠给希涛老师的

“涛声依旧”的书法作品，书法雅致娟丽，很见功力和情怀。他们父子真的是儒雅风流也。

文学，唯有耐得住寂寞，唯有真情的付出，才可能有丰收的喜悦。他们的艺术成果，他们的精神世界，都是年轻学人的营养品。我也相信，只要我们也能如当年希涛老师那样“歃血”为艺术、为人生，一定也能谱一曲斑斓的人生之歌。

2015 年 10 月于上海

（作者是上海市作家协会会员）

后 记

诗歌出现于远古渔猎时代，流行于文字形成之前，是应人类生存之需而产生的，是应社会进步之需而发展的。我国诗歌发展史证明，诗歌的本质属性是实用性。如果没有实用性，诗歌就不会产生更无从发展。

我国是一个诗的国度，是一个诗意国家。我国有着“诗教”传统，将诗歌作为蒙童的首选读物和教育的重要内容。习近平总书记说，“学诗可以情飞扬、志高昂、人灵秀”，阐明了学诗的重要性，也说明了诗歌对人与社会的重大影响作用。

我庆幸生长于诗国，感恩诗国有“诗教”。我从小爱诗，从小学时代随性写诗，到中学时期有意学诗；从用诗歌助推学业、事业和家业，到被诗歌融入感情、亲情和爱情，与诗歌结下不解之缘。我对爱诗、学诗、写诗的人会产生亲近感，会有与之结识并交流的愿望。四十年前，我在住院治病时，遇到一位女青年在读诗给她弟弟听，我就主动与她交谈，并与她成了好朋友，她就是我的发妻舒爱萍。

我少年时代主要学写红色诗歌，青年时代主要学写颂扬、劳动、交友、咏物、山水等诗歌，从恋爱迄今，爱情成为我写诗抒情叙事的重要内容。对过去写的爱情诗，我已选了一些放入《晚潮拍岸的声响》和《阳光化作七彩虹》两本诗集。近期，在一次文友聚会上，文友们对我写的爱情诗赞赏有加，并建议、鼓励我出本爱情诗集。于是，我萌生了把已经发表和尚未发表的爱情诗精选结集奉献给读者的想法，并采取以分类为主、时序为辅的方法进行编排，形成了四辑：第一辑，收录我用自由诗的形式写的爱情诗；第二辑，收录我用新风诗的形式写的爱情诗；第三辑，收录我赠给妻子的诗与写妻子、孩子、自己和家庭的诗；第四辑，收录我写的广义的爱情诗。

我在出版爱情诗选过程中，得到了许多鼓励和帮助。当代著名作家、中国作家协会副主席叶辛和中国作家协会会员宋海年在百忙之中为本书写了序言。中国作家协会会员、著名"钢铁诗人"刘希涛和他的妻子张泉英对我出版本诗集给予了热情鼓励和精心指导，刘希涛老师和上海市作家协会会员沈世坤还分别同意将他们的大作放入本书作为附录的内容。上海市作家协会会员张蓉、我妻子的表哥胡金标、我和妻子的良师益友王家泉分别为我的爱情诗写了诗评文章。上海师范大学外国语学院英语系教授卢敏博士、教授朱伊革博士和2013级翻译硕士（MTI）研究生冀洁茹、何昆仑、夏恬等同学英译了我的爱情诗，教授卢敏博士和讲师刘霁博士带领学生英译并分别做了校译工作；妻弟舒强华日译了我的爱情诗。作家出版社的韩星是我的诗选《阳光化作七彩虹》的责任编辑，这次又担任了本书的责任编辑。上海市作家协会会员项纯丹、上海文艺出版社编辑陈蕾为我出版新诗集提供了许多帮助和支持。我的爱妻舒爱萍为本书确定了书名，撰写了诗评文章，将自己为我爱情诗谱曲的两首歌曲放入书中，并为本书的出版做了大量具体细致的工作。对此，我一并深表谢意。

十八世纪中叶到十九世纪初德国和欧洲最

重要的作家、诗人歌德有句名言：“青年男子谁个不善钟情？妙龄女人谁个不善怀春？这是我们人性中的至神至圣。”青年男女本就钟情和怀春，中老年男女也应追求和享有幸福的爱情生活。爱情是人类最纯洁、最无私、最甜蜜的感情，是人们追求幸福生活的动力，是家庭美满的支柱，是社会稳定和发展的基础。而爱情诗是人类爱情意识的产物，是人们爱情情感的升华，有利于我们形成正确的爱情观，有助于我们找到并珍惜来之不易的真正的爱情。正如诗歌是随着人类生存、社会进步之需而产生、发展的并反作用于人类发展、社会进步一样，爱情诗也是随着爱情的产生、发展而产生、发展的，并反作用于爱情的浪漫与幸福。愿我的爱情诗能使正在阅读的你感受爱的伟大、情的宝贵，带来我对世间钟情人追求美满爱情和婚姻的热情鼓励，带来我对天下有情人终成眷属的美好祝愿，并为诗歌的通俗化、大众化发展起到一块铺路石的作用。

2015 年 10 月 28 日于上海

图书在版编目（CIP）数据

给远方的至爱：胡永明爱情诗选 / 胡永明 著. -- 北京：作家出版社，2016. 1

ISBN 978-7-5063-8614-2

Ⅰ. ①给… Ⅱ. ①胡… Ⅲ. ①诗集 - 中国 - 当代 Ⅳ. ①I227

中国版本图书馆CIP数据核字（2015）第310522号

给远方的至爱：胡永明爱情诗选

作　　者： 胡永明
责任编辑： 韩　星
特约编辑： 舒爱萍
装帧设计： 苗　苗
出版发行： 作家出版社
社　　址： 北京农展馆南里10号　　**邮　　编：** 100125
电话传真： 86-10-65930756（出版发行部）
86-10-65004079（总编室）
86-10-65015116（邮购部）
E-mail:zuojia@zuojia.net.cn
http://www.haozuojia.com（作家在线）
印　　刷： 三河市北燕印装有限公司
成品尺寸： 142×210
字　　数： 230千
印　　张： 7.5
版　　次： 2016年1月第1版
印　　次： 2016年1月第1次印刷
ISBN　978-7-5063-8614-2
定　　价： 36.00元